爆笑之余还有些哀痛，经常被书中的机智捉弄得喘不上气……这是一本绝对能令人欣喜若狂的医生回忆录！

——《泰晤士报》

全书弥漫着令人欢快的氛围，字里行间不断浮现出令人心碎的场景。

——《星期日快报》

如同手术刀般锋利的幽默和灼人的敏锐洞察力……这本书里的故事既有趣又有些让人感到悲伤。

——《太阳报》

过去，我们都了解年轻的医生们工作辛苦，可只有当我们听到亚当·凯医生亲自为我们讲述一星期要工作97个小时对医生们而言有多么痛苦后，我们才能对医生这个职业的艰辛感同身受。

真诚同时令人捧腹大笑的温情告白。

十分有趣！不仅能让你笑得肚子疼，还能用其所独有的犀利笔触写出我们所有人都关心的话题。

假如你今年只准备读一本书，那请你千万要选亚当·凯的这本书。相信我，这本书绝对能令你忍俊不禁！

亚当·凯的文字如他的手术刀般锋利……这本书将年轻医

生的真实生活状态完整还原了……这是一种诙谐却又动人的生活状态。

——《星期日邮报》

好笑又令人感到心碎。震惊之余还会因其中的讽刺意味而发笑。这是一本让人了解年轻医生真实生活的好书，让我大开眼界且捧腹大笑。

——《心理月刊》

这是一本浑身散发着可爱、善良和高贵气息的好书，读的时候真的让人又哭又笑。

——斯蒂芬·弗雷 《弗雷劳瑞秀》
（又译《一点双人秀》）主演之一

我终于等到了这本有关医生的好书！过去的许多这类书

看上去都很矫情，几乎都无法深入探讨医疗体系背后所隐藏着的动人的悲欢离合。更令我感觉重要的是，我从这本书中得以窥见我们身边这些年轻医生镇定自若的面孔下所隐藏着的柔情——或许，这才是我们所有人都更乐于见到的，不是吗？

——乔·布兰德 《荒唐阿姨》主演之一

一本很真实也很有趣的书，它令我们的生活更加美好。

——唐·弗兰奇 《弗兰奇与桑德斯》编剧

尽管我不是一名医生，但我希望能以药方的形式将这本书推荐给更多的人。这是一本足以令我们所有人捧腹大笑，却又悲伤到心碎的书。如果你想知道有关一线医生的各种内情，那看它就再合适不过了！这是本堪称完美的书。

——乔纳森·罗斯 《乔纳森·罗斯秀》节目主持人

简直棒极了!

这是一本与所有人息息相关的好书。

这本书从第一页开始,就向我们展现出了绝对强大的幽默力量,它给予了我半个月的笑容——真的是太好玩了!我真的很爱这本书。

我建议,每位医务人员、病人乃至想要对我们的医疗体系发表意见的人,都一定要读此书。相信我,你会大笑,大哭,继而大笑。接下来,你会慎重考虑自己还要不要生育下一代。

这是一本令人又笑又哭的好书。亚当·凯为我们记录下了诸多病人的各种生活细节。他用一种此前从未有人尝试过的写作方式，让我们见到了一线医生的工作中绝望、疾病与快乐并存的种种经历。这是一本令人不得不赞叹、佩服的好书。

——克莱尔·赫拉达教授 英国员佐勋章获得者

英国皇家全科医师学会前任主席

疼痛难免

妇产科男医生
圣诞节前后急诊的值班日常

NIGHTSHIFT
BEFORE
CHRISTMAS

Adam Kay

[英]亚当·凯 / 著

姚庭栀 / 译

湖南文艺出版社
HUNAN LITERATURE AND ART PUBLISHING HOUSE

博集天卷
CS-BOOKY

著作权合同登记号：图字18-2021-311

图书在版编目（CIP）数据

疼痛难免 /（英）亚当·凯（Adam Kay）著；姚庭栀译 . -- 长沙：湖南文艺出版社，2022.9
书名原文：Twas the Nightshift Before Christmas
ISBN 978-7-5726-0792-9

Ⅰ.①疼… Ⅱ.①亚… ②姚… Ⅲ.①自传体小说－英国－现代 Ⅳ.①I561.45

中国版本图书馆 CIP 数据核字（2022）第 138806 号

上架建议：畅销·外国文学

TENGTONG NANMIAN
疼痛难免

著　　　者：［英］亚当·凯（Adam Kay）
出 版 人：陈新文
责任编辑：匡杨乐
监　　制：于向勇
策划编辑：布　狄
文案编辑：刘　盼　张文龄
营销编辑：黄璐璐　时宇飞
版权支持：王媛媛　姚珊珊
版式设计：潘雪琴
内文排版：麦莫瑞
装帧设计：蒋宏工作室
出　　版：湖南文艺出版社
　　　　　（长沙市雨花区东二环一段 508 号　邮编：410014）
网　　址：www.hnwy.net
印　　刷：北京中科印刷有限公司
经　　销：新华书店
开　　本：875 mm×1230 mm　1/32
字　　数：100 千字
印　　张：7
版　　次：2022 年 9 月第 1 版
印　　次：2022 年 9 月第 1 次印刷
书　　号：ISBN 978-7-5726-0792-9
定　　价：56.00 元

若有质量问题，请致电质量监督电话：010-59096394
团购电话：010-59320018

献给我的父母

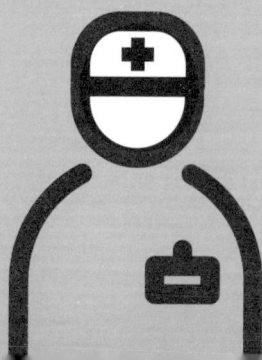

（也不是真想献给父母。但他们对我这本书的兴趣，基本也就够支撑他们翻到那一页了。这就足够哄他们把我的名字放回遗嘱里了。）

我的出版方一如既往地在努力避免因为我的这本书，把他们自己和我送进监狱。为了尽可能达成出版方的这一愿望，我改了书里面的人名、日期、个人信息、临床细节。在我的上一本书里，我把所有真实人名替换成了《哈利·波特》里的一些小角色的名字。我不会再做这种事了。①

---

　　① 这次的人名都是从《小鬼当家》里挑的。

目录
CONTENTS

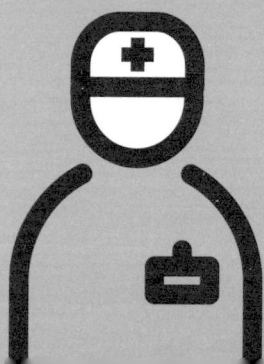

引言

———————

圣诞节是一段散发着松香、飘洒着金箔的停顿时间。在这段时间里，不管你喜不喜欢，一切都停止了。你像是短暂地得到了天启，从每天的流水线生活突然沉入一个狂热的梦，欢天喜地派发祝福；在这漫长的一星期里，你工作中的杂事被抛出窗外，代替它们的是奇怪的、强制性的节庆仪式。

你被迫和亲戚（就是和你有血缘关系的陌生人，也是在一年中的其他时间里，你都可以尽情远离的那种人）玩棋盘游戏。你们比赛似的胡吃海塞，一千克肉，一千克奶酪地进阶。

为了缓解和第一梯队的亲戚密集会面的压力，你必须喝得酩酊大醉，这与其说是醉酒怡情，还不如说是展开了一段重度性虐关系。

这是正常生活的变异版本，另类的现实：开心变成义务，而且显然只能通过字谜游戏、胃酸反流、情绪管理和生出褥疮这一套组合来达成。

这一切成为可能只因——得感谢耶稣小宝宝——你们不用再工作了。好吧，是你们中的大部分不用再工作了。

很遗憾，国家医疗服务体系的一线医疗工作者没有被邀请参加这场"全都敞开了吃"的生日派对。对全世界的医疗工作者来说，圣诞节不过是平平无奇的一天而已。

一年仅此一次——真他妈值得感谢——的圣诞节也带来了超量的病患。季节性流感和肺炎让呼吸科忙碌不已，而诺如病毒和食物中毒则是这个季节里胃肠科医生的特别来宾。内分泌科大夫把病人从饱食馅饼导致的糖尿病昏迷中唤醒。骨科病房里塞满了上年纪的病人，他们像垮塌的叠叠乐积木一样摔倒在冰面上，髋骨摔得像饼干碎。

急诊室更是比火鸡农场还要忙。有开香槟时瓶塞射到脸上形成的熊猫眼，有被烤盘烤焦的肉乎乎的前臂，还有坐在装玩具赛车的盒子里冲下楼梯，撞出脑震荡的小孩。更不要提小彩灯导致的触电，火鸡骨头卡到气管，割防风草不小心割断指头。酒驾发生率更是高到突破了屋顶——经常还是字面意思的突破屋顶。

然后，当一个个家庭到达某个爆发点时——通常在女王演讲和深夜固定节目之间——也会发生凶杀事件。在圣诞气氛和槲寄生①的渲染下，激情犯罪像凶猛怪兽一样发作了，在这个国家的一个个起居室里，还沾着食物屑的雕花刀找到了离它最近的一个种族主义叔叔的喉咙。

我大部分的医疗职业生涯是妇产科工作。即将分娩的妈妈们事实上没法选择在家待几天，看看能不能先稳住。而在妇科，在蛋黄酒的刺激下，把一些东西卡在身体的洞里，没法取出来的情况会在圣诞节出现一个小高峰。

---

① 槲寄生是一种寄生植物，在欧洲神话、传说与习俗中有重大意义，也是一种常见的圣诞节装饰物。——译者注

这儿还有一些令人心碎的事情。比如中产阶级在圣诞节前夕的消遣活动：甩祖母。就是把年老体弱的亲属带到医院，随便讲点虚头巴脑的症状，把照看工作扔出去。这样，在接下来的几天里，他们就可以实现看护烦恼去无踪，撒起欢来更轻松。

约翰·刘易斯的广告、Instagram①上夸张的表演，还有保罗·麦卡特尼那首坚称所有人都在高高兴兴过圣诞节的糟糕歌曲，把许多患者推向了极端，他们觉得每年的这个时候都不堪忍受，以至要动用我们少得可怜的心理健康服务基金。另外，虽然说没有什么时候是失去心爱之人的合适时机，但是节庆时节发生这种事总是更令人痛心的——当整个世界被欢乐环绕的时候，悲痛的事就会显得更沉重。

一年一度的冬季健康危机每年总会适时登上头条，但是在圣诞节，媒体总是——怀着不想往你的百利酒里撒尿的好意——对此视而不见，反而给你"喂食"一些可爱的治愈

---

① 一款提供在线图片和视频分享的社群应用程序。——编者注

系小故事，比如打着滚的北极熊，或"某个"穿着镶皮毛边的定制服装，小跑着去教堂，但还在学走路的皇家小朋友。但是，就像用手遮住自己的眼睛也不会让自己隐形一样，病人们哪儿也没去，救护车还在急诊室外排着队，就像加来港口的卡车一样。当然，所有的员工也都在那儿，为了职业需要而把假期牺牲掉。这里没有后备服务，没有绿色女神车队①给医疗行业一点喘息的时间，而是由140万国家医疗服务体系雇员轮流值班，隔绝社交，来确保其余人能安然度过新年。

在我当执业医生的七年里，有六个圣诞节是在病房里度过的。造成这种局面的原因有几个，凑在一起就能引发一场灾难。首先，每个人都认为我是犹太人，所以不会介意在一年中最不犹太的日子工作。为那些认为我是犹太人的人说句公道话：我过去在民族上是属于犹太人的——现在

①　绿色女神车队是一种最初由英国辅助消防队使用的消防车，后来由英国内政部保留到2004年，在处理异常事件时可用，包括在消防员罢工期间由英国武装部队操作。——译者注

确实也是，但重点是"在民族上属于"。我是那种家里会摆圣诞树，而不去犹太教堂的犹太人。事实上，为了能正确拼写犹太教堂（synagogue），我还得去谷歌搜索。对了，我也不信上帝——我知道比较审慎的医生一般都信。尽管如此，在我的同事们看来，我的犹太含量肯定是够的，我肯定愿意牺牲每年一次的24小时电视-美食马拉松，成就大我。①

然后呢，我连一个孩子都没有。圣诞节是孩子们和所有人的节日。家里有小孩的医疗工作者这时候的待遇直接上升到了挪威云杉的顶端，可以放假一天。在这点上我不羡慕他们，尽管我也一度考虑编造省事但纯属虚构的后代出来。真正地当爹当妈是件费力不讨好的事，如果只是为了获得和其他人一样在同一天吃豆芽菜的免费通行证，那很可能是个昂贵、高压又低效的办法。

鉴于初级医生培训的流动性质，我每个圣诞节都在不

---

① 我的犹太人认证也没帮到我逃脱每个星期六的工作。咱们聊聊迫害的问题吧。

同的医院度过，所以我并不能举手反对或抱怨说上一年的这时候也上班来着。那就好像是你不愿意为这次聚会的第一轮酒买单一样，原因竟然是你这星期早些时候已经为一个聚会的最后一轮酒买过单了，而且还是和完全不同的一波朋友喝的，还是在一个离这儿85英里[①]远的酒馆。

当然，如果轮值表是我排的，那么我应该能更走运些。排班的人自己总能神奇地得到更舒服的值班时间。可是弄那些被标记得花花绿绿的电子表格从来都不是我的强项，而且排班得到的这点好处好像远比不上排班带来的麻烦。我更愿意和我的伴侣一起度过少得可怜的空闲时间，这样就不用回应受了委屈的同事气呼呼的电话，也不用跟Excel（电子表格）中不断跳出的错误提示（#VALUE!）较劲。况且，即使你成功地逃脱了圣诞节值班，你也几乎一定会被夜班、节礼日或者跨年夜捕获。医院试图缩减圣诞节的人员配备，也就是将提供安全保障的医务人员数量降

---

① 英制中的长度单位。1英里约为1.61千米。——编者注

到最低限度。但是"最低限度"通常代表普通日子里的最好情况，这让人很难分辨出有什么不同。

　　反正那个恶心的轮值表总是会被填满的，没人逃得了。作为一名初级医生，你能得到圣诞节放假一整个星期的机会，堪比你有足够的钱在马斯蒂克岛度假，啜饮着伏特加毒刺①，从伯尼·埃克尔斯通②或杰里米·亨特③身边游过泳池。

　　接下来就是那些年我写下的圣诞日记了。那些在病房里度过圣诞节，不断地取出孩子，或取出其他卡在身体某个部位的东西的日子。④但这些也不全是坏事。至少我有了一个不陪家人的借口。

---

① 一种鸡尾酒。——译者注
② 著名的英国富豪，F1前总裁。——译者注
③ 杰里米·亨特曾任英国文化大臣、卫生大臣、外交和联邦事务大臣。——译者注
④ 在我的第一本书《绝对笑喷之弃业医生日志》中，最常见的删减原因包括"太恶心了"或"太圣诞了"。在这本书里，我对这两者都做了改进。

第一个圣诞节

FIRST CHRISTMAS

这个圣诞节我在泌尿科工作，

看到一个又一个家伙

对自己的老二做了奇怪的事。

2004年12月20日　星期一

每年的这个时候，病人的床头桌和窗台上通常都放着不少贺卡，上面写着"早日康复""圣诞快乐"之类的祝福。

病人CG正处在肠切除术的术后恢复过程中，他的小隔间看起来就像是克林顿[1]的一家分店。

在查房时，我的主治医生克利夫说："某人很受欢迎

---

[1]　由唐·卢因于1968年创立的英国连锁商店，以销售贺卡、毛绒玩具和相关礼品而闻名。——译者注

啊！"他说这话时比我说话提前了一毫秒，让我来不及凑

过去小声说："某人的老婆刚刚死了……"①

---

① 这里有一个医生排序，大致可以和比顿夫人在她的《家政之书》
（1861）里列的仆人等级对照起来看：

实习医生——女帮厨/马童

住院医生——女仆/马夫

主治医生——上等女仆/男仆

副主任医生——女管家/男管家

主任医生——主人/主妇

现阶段我是一个实习医生。比顿夫人说，女帮厨和马童需要替其他家庭成员承担特别卑贱和肮脏的活计，这是一种对实习医生角色定位的可怕描述。他们的年薪在5到12英镑之间，这一点和实习医生也差不多。

2004年12月22日　星期三

　　分享一件在医生的一堆烂事里，我认为算得上顶级的奇闻吧。这是个挺有趣的故事，一个21岁的年轻人在圣诞节聚会的服装上做了一次把自己送进急诊室的愚蠢尝试。①在当时，那看起来像个天才的主意，但他显然没有让任何有点常识的人给把把关。他把自己的胳膊、腿、躯干和头包上了层层锡纸，只在眼睛和嘴巴处挖了几个洞，然后把自己装扮得像一只被派送到晚会现场的火鸡。几个小时后，他倒下了，干燥得像一块人形瑞维他饼干，需要住院

① 酷炫华丽的着装。没有人会认真对待派对邀请函上的这句话——你最后要么是唯一盛装打扮的，要么是唯一没有打扮的。或许你彻头彻尾使错了劲，豪掷一个上午和200英镑在国家大剧院的服装出租店里，而其他客人则刨出了恶魔的犄角或者查尔斯王子的纸板面具。还有，一个穿成蜘蛛侠的人究竟打算怎么拉屎呢？

接受静脉输液治疗。

让人大失所望的是，没有人对我讲的火鸡奇闻表示特别感兴趣。[①]住院医生弗兰克还在努力想回应我："他也塞了两千克填充物在他的肛门里吗？"唉，没有。

弗兰克祭出一个他去年遇到的类似病人的故事。那个病人把自己身体表面都缠上了电工胶布。"不过不是为了晚会……"他补充道。

我问那是为什么，然后记起了大多数人做大多数事的原因。于是，我就被介绍了"木乃伊化性癖"——在24岁这样一个娇嫩的年纪。

自从拉美西斯和他的伙伴们开了这一先河以来，3000年过去了，事情变化不大，除了现代人会为鼻孔留两个洞出气之外（另一头还有个更大的洞）。不过，正如这位患者发现的那样，电工胶布作为木乃伊化的材料还是有其局

① 医生是一群即使在最好的时候也要经常面对疾苦的人，所以与病人的愚蠢行为相关的故事对他们来说有点像抗生素：在过度使用抗生素的人群中，抗生素失去了效力。

限性的。一旦这位患者"羽化"^①——这显然是脱壳的术语，电工胶布不仅能够有效去角质，还能彻底清除所有体毛。哦，它还能割包皮。

———————

① 羽化在生物学意义上指昆虫经历蜕皮，由若虫或蛹变成虫的过程。——译者注

2004年12月25日　星期六

圣诞快乐，每个人都在愉快玩耍——在别的地方。我第一次在12月25日给病房打电话，模仿着电视上笑容可掬的医生模样，但每当病人或同事祝我圣诞快乐时，我就顿感烦躁。

我正尝试忘记自己错过了什么，像对待普通的一天那样行事，但是每隔几分钟就会有一条新提醒消息。每个角落都挂上了软塌塌的装饰品，看起来像是每年都从同一个盒子里拿出来的——自关于这个振奋人心的新节日的旨意从伯利恒传出来起。我放在口袋里的手机被欢快的圣诞季短信轰炸了，像极了一个出了故障的电动假阳具。

圣诞老人在漫长的一夜之后或许可以休息一下，但他的伙伴死神从不休假。于是，我发现自己正与愁苦的一家人坐在一间侧屋里，谈论着他们的妈妈或祖母。其实在我开口之前，他们就知道了这个故事的关键——一个医生永远不会在圣诞节那天突然通知一大家子人，让他们坐在不舒服的椅子上，告诉他们在刮刮乐上赢了五万块大奖。

祖母血流中大肠杆菌的数量达到了几十亿比一，现在只有一种方法可以结束这种情况，但这并不妨碍她的家人坚持等待最后出现戏剧性的转折。

"肯定还有别的方法可以试试的。"一个悲痛欲绝的儿子哀求道。老实说，如果真有，我肯定会尽力避免出现这样的谈话。人都不愿听到坏消息，但传达坏消息也不容易。悲伤而苍白的脸，僵住的嘴，呆滞而认命的眼神，紧握在一起的双手，指关节处紧绷着的皮肤。有些人会哭泣，有些人会尖叫，有些人会茫然地盯着我创造的"深渊"。又来了一个人。

我调动所有力量保持镇定和专业，解释说尽管她自始至终都是一个斗士，尽管我们给她输了液，打了抗生素，但她的器官已经开始衰竭，身体状况在迅速恶化。当他们抬头看向我时，我告诉他们，我们已经请重症治疗室的医生对她做了检查。医生得出的结论是，再强行采用激进的治疗方案只会增加她的痛苦，而且最终不会起作用。

我希望通过肢体语言表达同情，于是向前一步，说我们现在所能做的就是让她感到舒适，并更多考虑她的尊严。这样做的时候，我无意识地捏了领带。

这是一条圣诞季领带——有着夜空般的深蓝底色，接近领结的位置上有一个坐在雪橇上的亲爱的圣诞老人。沿着领结往下，我们看到了普兰瑟和丹瑟，还有其他驯鹿，鲁道夫①骄傲地走在前方正中。至关重要的、灾难性的一点是，鲁道夫的红鼻子下面——我捏住的地方——有一个按钮，它会激活一个小喇叭，然后爆发出一阵闹腾的《铃儿响叮当》电子音乐。

我的脸瞬间红得像番茄酱，然后一边道歉一边猛拍自

---

① 普兰瑟（Prancer）、丹瑟（Dancer）、鲁道夫（Rudolph）都是圣诞老人的驯鹿的名字。——译者注

己的腹部，但结果只是一遍遍重新开始那该死的音乐。在试图让小喇叭安静下来的尝试失败了好几次之后——这个过程仿佛长达15年之久，我跑出去把领带揪下来，扔到了护士站。

当我回到房间，思考着怎么用最诚挚的语言表达我的歉意时，其中一个女儿正在失控地大笑，其他人都在克制地微笑。所以，我最后发现，传达坏消息也许能找到更容易的方法。

下午5点，在准备圣诞晚餐（从病房厨房偷来的吐司，配以劣质的"优质街道"巧克力①）之前，我突然意识到我甚至不期待回家——我得拖着沉重的脚步回到空无一人的公寓。H②出去履行家族义务了，而此时我最亲近的人离我不是特别近，离我最近的人不是特别亲近。无论如何，在晚

---

① "优质街道"（Quality Streets）是一个巧克力品牌，常见的中文译法是直接音译为"凯利恬花街"。——译者注
② H是我当时的伴侣。（"当时"——是的，如果你还没有读过我的第一本书，那么非常抱歉，我剧透了。）

上8点真正结束工作的概率比在蝾螈的身体上找到阴囊①的概率还低，所以，至少需要我一个人待在家度过的圣诞日只有90分钟。

邓肯是另一名实习医生，他走进厨房，挥舞着他找到的一个看起来很寒酸的圣诞拉炮②。我们把它拉出来，然后因为一个关于顺势疗法的弱智笑话而翻白眼。他戴着纸帽子回到病房，我站在微波炉旁，从包装纸里取出一条算命魔法鱼。它的头在我的掌心卷起。我查阅了它所传达的神的旨意："头动——嫉妒。"③

---

① 人和雄性哺乳动物外阴部下垂的皮肤囊袋。蝾螈则属于两栖动物。——译者注
② 英国人在圣诞日使用的亮光彩色纸筒。在吃圣诞大餐前，他们会把纸筒拉响，拉开时会发出轻微的爆炸声。纸筒里面往往装有一件玩具、一顶纸帽，以及一则笑话。——译者注
③ 一种占卜玩具，该玩具形似小鱼。玩法是将小鱼放在手掌之上，然后看鱼的哪个部位会卷起。卷起的部位不同，其对应的意义也不同。——译者注

2004年12月26日　星期日

　　给戴徽章的麻醉师一百分。徽章上写着："你睡着时他看着，你醒来时他晓得。"

2004年12月27日　星期一

这份工作的回报大多是以一种温暖的微光的形式出现的。这种回报不会让你看起来少一些疲惫，也不能用来支付租金，而且其价值远低于你为其牺牲掉的社交生活。但这些美德与意义的安慰性光环的确照亮了一些阴暗角落，让你能承受许多糟心事。

在圣诞节期间工作时，这种原动力是最强的。今年我把圣诞节、节礼日和今天都捐给了国家医疗服务体系，所以我的光芒可以从大犬座的外部看到并感受到，但这光芒即将在一位真正的圣人的善行衬托下变得黯淡无光。

下午2点，我接到了总机的呼叫。是凯特，一个住院医生，要我在楼下接待处见她。我不爽地走下来——我正忙着呢……她想要干什么……她今天甚至都没上班。

当我到那里的时候，她热情地微笑着，像极了在孤儿院里慰问的戴安娜王妃。她伸出手来让我把传呼机给她："我丈夫正要带孩子们去公园，你何不出去几个小时呢？"我的大脑无法处理这种意想不到的极端利他行为。起初，我不明白她是要我去照顾她的孩子，还是要我去跟她的丈夫缠绵，但当我明白过来，意识到我是被邀请旷工时，我只能结结巴巴地发出一些模糊的元音来表示感谢。我慢慢地递出传呼机，就像递手榴弹一样，以防这是个恶作剧。但这不是恶作剧，她只是带着它快步走进了病房。

我在大街上漫步，感到迷惑不解，就像我接到一个电话，说我现在是国王了，或者找到了一个能让我飞起来的法宝。

我停下来喝了杯咖啡，然后散步到电影院。可供选择的电影中有一部我很想看但错过了前半部分的动作片，一部我不是特别想看的家庭大片，以及一些附庸风雅的法国电影——我宁愿把眼睛放在液体粪肥里煮，也不愿看这个。我最后选了个相比之下能看的电影——120分钟左右的皮克斯动画。

这部电影实际上比我想象中要好多了，我甚至给自己来了一顿充满罪恶的快乐大餐——那种只会在黑暗里，或者独自一人的时候，或者和认识超过20年、互相手握对方大把黑料的人在一起时，才会享用的东西——一大桶甜爆米花，还掺了一大袋彩虹糖在爆米花里面。所有这些都只比在锡拉岛待一个星期所花的钱多一点点！

我重返工作岗位，对食物添加剂和人类精神的高尚感到欢欣鼓舞。

"你去做了什么开心的事情吗？"凯特问。

"是的，"我笑着回答，"我去看了《超人总动员》（*The Incredibles*）。"

"哦，你这样叫他们真是太美好了！他们住在附近吗？"

我是不是从电影院的错误出口出来，进入一个平行宇宙了？

"美好？"

"是的，你叫你父母'超人'！"

我笑得像个善良的好孩子，告诉她"是的，就是这样的"。如此一来，她至少可以认为她为一个同样善良的人，而不是一个从未想过要见他的家人，只是去电影院用食品添加剂找乐子的家伙做了一件好事。

2004年12月29日　星期三

"帮帮我，"在终于厌倦了我们安静的对视比赛后，我对病人说，"你知道这可能是由什么引起的吗？"

20岁的他保持沉默。当我检查他半透明的阴茎皮肤时，他只是耸了耸肩，撩了撩遮住眼睛的头发。那个阴茎就像你过去常常在超市里看到的鸡肚子里的那种鸡杂袋，只不过是缩小成开胃小菜的版本。

我不想指责他每晚都把阴茎泡在一罐酸水里，但那阴茎看起来就是这样的。无论他做了什么，他成功地让自己的包皮呈现出一种水润的光泽。这样一来，我下次再去越南餐厅，是肯定不会再点夏卷了。

20分钟后，我们都学到了一些东西。我知道了什么人会在网上点击阴茎增大的广告，并且他们中的一部分人还真的会花钱购买神奇的阴茎增大霜。他知道了他寄予厚望的这种霜，基本上可以肯定是一种强效类固醇，会让皮肤变薄。而且，除非这个可怜的东西（阴茎）一开始只有图钉那么大，否则很不幸，它并不会达到预期的效果。

2004年12月30日　星期四

病人VY今年82岁，上星期因绞窄性疝①入院，需要紧急做手术。我猜他很想回家，因为他端坐在椅子上，穿得像《欢乐满人间》里的班克斯先生，他穿着三件套西装，并搭配了配套的领带和手帕，只缺一块怀表。我开玩笑说，他因为我来巡视病房而打扮得这么隆重，真是感人。

"明白了吗？"他对坐在旁边的女儿说。她翻了个白眼，解释说救护车等了5分钟，就因为她爸非要换上正装，尽管他当时肯定疼得流泪。他对我说："任何时候都不能显得邋里邋遢。"

---

① 疝通常是指肠子的一小部分穿过了肌肉或其他组织的薄弱部位。绞窄性疝是肠内血液供应中断时出现的一种紧急情况，通常会引起呕吐和疼痛，就像你的肠子被钳子夹住一样。

"而且，"她补充说，"他坚持先刷完牙再让他们送他来医院！"

　　"以防我需要人工呼吸。"他解释道。

您是因我来巡视病房才打扮得这么隆重吗？真是感人！

2004年12月31日　星期五

在到达病房之前，我就能闻到一种味道，那是明显的漂白剂和谄媚的刺鼻味道。某个我们敬爱的卫生部长今天要来访。①这种漫画里的反派人物一定是走遍了整个国家，以为整个英国闻起来就像闪光万能清洁剂②。

毫无疑问，他会鹦鹉学舌一样地说出写在他手背上的

---

① 在一个"直到失去后，你才知道拥有过什么"的例子中——这例子足以让琼尼·米歇尔立马重写《大黄出租车》，我曾是工党政府治下的一名医生，那时候其他派别的政客还没有开始像砍伐过度生长的紫藤一样削减医疗预算。从我小时候起，每次撒旦的旋转木马又转了一圈，给了我们一个新的卫生大臣时，我就会问我父亲——一个全科医生——新老板会是什么样子。他的回答总是一样的："他和之前的相比，会是更差的一个。"这通常会被证明是正确的。我个人认为卫生大臣们就像《哈利·波特》里的黑魔法防御术老师一样。很明显，他们最终会被证明是邪恶的，但你必须等待一段时间，才能确切知道他们是什么样的人。

② 一个清洁剂的品牌。——译者注

赞美之词。"感谢你如此努力地工作"可能是这段赞美之词的核心——如果你一年只工作150天，而且其中还包括在皮质长椅上打瞌睡，以及吃纳税人补贴的惠灵顿牛肉，那么任何工作看起来都很辛苦。

就像森林里倒下的大树[①]一样，如果部长没有一群媒体工作者和摄影师的陪伴，他还会出现在这里吗？我脑海中浮现出明天报纸上那张精心修饰的照片：部长装出感兴趣的样子，并调整头的角度，让秃掉的部分避开镜头，同时和护士寒暄几句。护士会设法抵制她所有的自然冲动，对他微笑，而不是用手术刀戳他的脖子。墙上还会挂着一些闪闪的金箔，以提醒我们，不仅是医护人员，更重要的是，政客们在节日期间也在辛勤工作呢！

我觉得自己不会那么"幸运"，被抽中去握那个政府的黄鼠狼首领如死人般湿冷的手（他的手会在手腕处折断

---

① "假如一棵树在森林里倒下而没有人在附近，它倒下时有没有发出声音？"是一个经典的哲学思考实验，它提出了关于观察和现实知识的问题。——译者注

吗？），但还是很留心对病人尽到信息保密的责任，如果有任何信息被拍到并发布了，那将是不可原谅的，所以我冲到病房的白板前。无论如何，所有患者的姓名都已用首字母替代了，但谁能说这是否足以作为密码来充分保护他们的匿名性呢？于是我更加努力，结果却在谨慎地把病人信息隐藏得更深这条路上走偏了——我用一些偶然出现在我脑海里的随机字母替换了第一病房里八个病人的姓名首字母。

F.U.

C.K.

Y.O.

U.T.

O.N.

Y.B.

L.A.

I.R.

2005年1月4日　星期二

　　我觉得有个业余爱好是很重要的。这是一种将你的大脑切换到不同频道的方法，在辛苦工作一天后，释放掉堵塞你神经元的压力。我的爱好是写作和弹钢琴，如果还不够，那我也没更多时间做别的了。其他人的业余爱好则可能是慢跑、编织、赛车或钓鱼。而20多岁的嘻哈歌手、病人AM的业余爱好则是找妓女，然后给她们一沓钱，让她们用针扎他的阴茎。这像是由萨德侯爵①重新构想出来的针灸疗法。

　　但是你知道圣诞节是什么样子的——每个人都在度假，

①　法国贵族出身的哲学家、作家和政治人物，是一系列色情和哲学书籍的作者。由于他的作品中有大量性虐待情节，他被认为是变态文学的创始者。——译者注

所以你不得不凑合着找个临时工。你去理发店理发，而平常在的人都不在，所以你的头发最后剪得不太对劲。当你外出时，圣诞邮差不知道把你的包裹放在有轮垃圾箱后面，所以包裹最终被送到30英里外的某个荒凉的仓库。所以，妓女临时工用不同大小的针头扎了AM的阴茎，这解释了病人AM从急诊科转到泌尿科的原因——"排尿困难"。但这不是正常意义上的排尿疼痛或不顺畅。事实恰恰相反——这是一种需要控制尿液流出的情形。用他自己的话来说，他获得了一个筛子一样的阴茎。我给他插了一根导尿管，把他送进病房，忍住了给30个人发短信的冲动。①

---

① 当然了，我刚刚把他的故事写进了一本书里。

第 二 个 圣 诞 节

SECOND CHRISTMAS

———

当圣诞老人驾着装满礼物的雪橇飞驰时，

我却在无休止地轮班，

从妈妈的肚子里搜出一个又一个婴儿。

2005年12月16日　星期五

我把索尼卡探头放在来产前门诊就诊的一位母亲的腹部，打开探头，等待着熟悉的婴儿心跳声（咚咚）。什么都没有。这破电池。我又按了几次开关，然后向病人道歉。

"对不起，我想这个已经不行了。"

这位母亲的脸立刻像要结束营业的充气城堡一样垮塌下来。我赶紧解释说："我是说索尼卡！索尼卡！"

2005年12月20日　星期二

　　主任医生波林西先生寄来的圣诞卡上写着：

　　　祝你和你的家人，

　　　圣诞快乐、健康，

　　　2006年一切顺利。

　　口述但未签名，以免延误。

2005年12月21日　星期三

　　一开始，一段长金属丝被粘在妇科病房的墙上，形状像心电图①。后来，圣诞树上被装饰了一堆充气橡胶手套和一些用环形子宫托做成的点缀物。妇科的护士把几个窥器、圆鼓鼓的塑料眼珠子和红色硬纸板做成的鼻子凑在一起，组成了世界上最令人讨厌的驯鹿——今晚你不会想让这些小家伙带着你的雪橇去任何地方。

　　今天晚上，在一位医疗助理的帮助下，我做了一个漂

---

①　我不太清楚解释术语的界限在哪里。我对这些术语是明了的，无论是"咯血"（咳血）还是"医院"（你在里面咳血的那栋杂乱破旧的建筑）。不管怎么说，心电图是你心脏活动中产生的生物电电位变化的曲线图，是医疗剧片头的常客。它是通过在你的胸部、手臂和腿上放置粘垫来获得的。为了保持良好的电接触，男性通常需要先刮胸毛。我曾经让一个医学生在做心电图前给病人剃毛。鬼知道当那个学生走进病人的小隔间，刮掉病人的胡子、修理他的鬓角时，那可怜的病人对正在发生的一切是怎么想的。

亮的"花环"。我们拿出一盒过期的避孕套,打开包装,把它们铺开,然后编成一个大圆环,贴在病房的门上。不幸的是,这个"花环"没能坚持到我值班结束。某个吝啬鬼把它扯下来了。

幸运的是,他们还没有发现坐在树顶上的仙女有一根用缝合线编织的脐带,危险地在她的芭蕾短裙下晃荡着。

2005年12月24日　星期六

　　我想搞清楚自己是不是因为太累或者太饿而出现了幻觉。不是，似乎每个人都能听到铜管乐队演奏的《小伯利恒》。他们演奏得十分卖力但真的特别难听。完成了我的针线活——把一个会阴恢复到出厂设置后，我走出去一探究竟，走到二楼栏杆前，倚栏张望，辨认这地狱之声的源头。大厅里有六七个拿着乐器的学生，还有三十多人的唱诗班，围着他们站成半圆形。

　　当他们鬼哭狼嚎似的演奏着经典曲目，而且气势越来越弱时，我发现自己莫名其妙地……这种感觉是什么？不是很喜欢，但是……好吧，我很喜欢。就好像这刺耳的声音神奇地勾起了我对过去圣诞节的快乐回忆，给了我的大脑边缘系统一个拥抱。

看到这些孩子在平安夜穿着漂亮的制服，我敢肯定他们此时更想晃着自己的礼物盒子，猜猜里面到底是什么，或者学习帮派暴力的基本知识。嗯，这就像一部理查德·柯蒂斯式电影的结尾。

我的传呼机响了起来。奇怪的是，我不愿意回到产房。一个男人从我身边走过，靠在栏杆上对他的伴侣说："很好的避孕广告。"我正要发出尖锐的啧啧声，昨天刚生完孩子的一个病人指着我对那个男的说："你应该试试让这个家伙在你身上开个洞。那才是最好的避孕广告。"

2005年12月25日　星期日

这是我在产房度过的第一个圣诞节。我一直试图说服自己（还有H，虽然成效更为有限），连续忙上两年意味着明年的大日子不用上班，这几乎是确定无疑的。

值得庆幸的是，在产房是特别有趣的，那时还会出现一大堆与节日相关的婴儿名字。欢迎霍利宝宝和卡斯珀宝宝，尽管莱斯利——一个60多岁的助产士——不得不详细解释为什么卡斯珀是一个和圣诞节有关的名字。我以为这是普通人给狗取的名字，或者上流社会的人为他们的第八个儿子取的名字，结果却是因为我当初上宗教教育课时打了太多次瞌睡，以至我直到今天都还没搞清楚三位智者①的名字。至少这孩子不叫巴尔萨泽，人们也就不会把他的职业选择限制在摄影师或者迪士尼反派上。

卡斯珀的到来引发了助产士们对其他各种节日名字的长时间讨论，从罗宾、格蕾丝到加布里埃尔，然后讨论那些已经过时的名字，如卡罗尔和格洛丽亚。莱斯利看起来很伤感："诺埃尔过去一直很受欢迎，但埃德蒙兹②似乎把这一切都搞砸了。"

谈话被我的传呼机响声打断了。病人BK怀孕30个星期，左耳垂出血。更准确地说，是血液从她的左耳垂喷出。从她拿进来的茶巾、她穿的衣服和我穿的外科手术服被血液浸透的程度来看，我想肯定有一升。我不知道发生了什么，但至少知道血是一种有限的资源。

我打电话给主治医生斯坦。如果"于病人无损为先"

① 《圣经》中的人物，也叫东方三博士、东方三贤士、东方三王等，他们的名字分别是卡斯珀、梅尔基奥尔和巴尔萨泽。——译者注
② 英国著名电视节目主持人、电台DJ、作家、制片人和商人。他作为电视节目主持人的职业生涯在后期开始走下坡路，观众逐渐流失，且由于诸多负面事件，埃德蒙兹的声誉受到影响，健康状况也发生恶化。——译者注

是医学戒律之首，那么"不要偷懒"也不会排得太靠后。[①]
斯坦怀疑我小题大做，认为病人只是耳朵上长了个疹子。
"这不是一升——一点血流出来就可以看起来像很多血。"
我请求他赶快来，然后给她打上点滴，输了些血，又订购
四个单位交叉配型的血，并将一些大棉签使劲压在她的耳
朵上。

　　几分钟后斯坦来了，他计算了一番："哇，是的，绝
对有一升。"他还问了我已经问过的问题："这种情况以
前发生过吗？"没有。"你有凝血障碍吗？"没有。"你
的耳朵受伤了吗？"没有。他困惑地给病人做了一个简单
的检查，可是除了喷射的血液之外什么也看不见。然后，
他同样开始打电话求助。产房主任医生赫斯先生建议他给
这位病人打一针类固醇来保护胎儿的肺，以防今天出现早
产，并通知耳鼻喉科团队。

---

① 　在从事这个工作的初期，我就已惊讶地发现，当你举起手告诉病人你要
请更资深的医生来看的时候，他们一点都不担心。实际上他们似乎希望如
此——他们可以见到更好的医生。这是值机时的意外升舱，是一个双黄蛋。

一个普通外科主治医生接的电话，因为耳鼻喉科医生今天在家待命。[①]他看了看病人——可以理解的是，病人这时候变得非常担心了，然后告诉耳鼻喉科的主治医生她需要过来。现在，这一切变得更加严重了——一个个越来越专业的医生来了，却没有任何解决方案。病人被转移到加护病房，另外四个单位的血液也在路上了。耳鼻喉科主治医生立即把她的主任医生从家里催了过来，此情此景让我们这些没能看出问题所在的人感觉好多了。

　　耳鼻喉科主任医生告诉病人，他需要立即为她做手术来止血，他似乎已经有实现这一目标的确切计划。赫斯先生进来了。每过一分钟，就会进来更多的人——麻醉师、介入放射科医生、血液科医生。一个由医生组成的俄罗斯套娃。

　　但产房永远不会停止运转。既然我没法说自己对这个

---

① 耳鼻喉科因有充足时间睡觉和运动而知名。如果你想过个安静的圣诞节，那这确实是个好的专业选择。参见皮肤科假日（dermaholiday）。

特别的聚会能有多大贡献，我就去检查另外9个病人了——他们是在我表演"这个病人究竟他妈的发生了什么，以及如果她死了那算不算我的过失"时累积起来的，再去急诊室处理了一些妇产科疑难问题，然后跑上楼协助完成剖宫产手术。

等我停下来喘口气的时候，我听说病人BK已经没事了，婴儿完好无损地待在原处，耳朵也没有再喷血了。诊断结果是她的耳朵有动静脉畸形①。这是我以前在书上从来没有读到过的。但正如一句名言所说，"身体不读教科书"，身体显然也不看日历。这次事件中，包括医生、护士、助产士和协作人员在内，起码得有20个人赶来照看她，其中很多是在圣诞晚餐吃到一半时被拖来的。生活总得继续——积极或消极地，无论是圣诞节、新年前夕还是信天翁答谢日。

---

① 动静脉畸形是一种罕见的构造性缺陷，使动脉和静脉呈意大利面条状交叉连接，通常出现在大脑中，但也可能出现在任何其他地方。动静脉畸形有大出血的倾向，这在怀孕期间更常见。

我不寒而栗地意识到，自这一切开始后，我就没有时间看手机了。至少有十几条来自H的信息，每条信息都透露出他良好的幽默感，直到"知道你很忙，不会再打扰你了"。

2005年12月31日　星期六

"再说一遍？"米奇问。

"她有很严重的念珠菌阴道炎，里面有绿色和红色的微粒。"我说。

"所以，是血吗？"

"不，不是血，是……亮闪闪的东西，类似一些脚指甲油。"

"是一些脚指甲油？"

"我不这么认为……"

我正准备再解释一遍，但米奇阻止了我，他高举手指，好像要指挥一个管弦乐队，然后过去给病人做检查。5分钟后他回来了，看起来像是搞明白了《死亡幻觉》的剧情。

"你没有问对问题，"他说，每个音节落下都像笨蛋拿着一顶圆锥帽往我脑袋上砸，"你看，在99%的情况下，你都可以在给病人做检查之前，通过详细了解病史得到答案。"

我知道，我得让他完成那夸夸其谈的小演讲再打断他。主治医生喜欢时不时地这样做，以表明他们宝刀未老，就像你大伯不顾酒店泳池边围观群众的惊呼，把自己硬塞进了紧身小泳裤里。等他说完，我就问他什么才是正确的问题。

"你最近有没有用拐杖糖做假阴茎？"

当然！我会把这个加进我的破冰话题清单里。

2006年1月1日　星期日

　　医院通过海报宣布，将在2006年使用新的出院小结^①软件。这就像世界上最无聊的新年决心一样，我想没有人会认为，在1月1日大本钟的最后一声鸣响结束后，这个巨大的转变就会发生。为了让这家医院赢得一个不寻常的荣誉，他们安排了一群IT"助手"，戴着明亮的肩带在走廊里走来走去，就像"年度最佳减肥大赛"的地区半决赛选手一样。分配到妇科病房的那个家伙认为时间安排确实不理想，但"至少我们有三倍的薪水！"，他用颤音说道，同时敲着电脑键盘，就像一只为了吃到东西而推着活板门的实验室

---

① 这是个没那么恶心的术语。出院小结是一份书面文件，为病人和全科医生提供病人的住院史、回家时需服用的药物说明，以及任何计划好的后续注意事项等。

老鼠。三倍工资？你可能得到了，但我们肯定得不到。我希望他把薪水多花在Aquafresh①上——他的口臭几乎隔着电话都能被闻到。

我想我们应该心怀感激，因为医院系统的技术好歹是进步了——如果说还没进步到21世纪，那么肯定也是20世纪中后期的阶段。老系统是鲍勃·克拉契②的噩梦：医生会在复写纸上写一式三份的病人住院小结。最上面的一份是存档笔记，中间的一份是给病人的，最下面的一份则是寄给病人的全科医生的，通常是字迹模糊的（除非你让医生把所有的愤怒都转化到圆珠笔上）。但是从今天开始，所有的信息都会被直接录入计算机系统……在打印出一份纸质版复本，以及（赐我力量）传真给全科医生之前。

技术可能会改变，但病人肯定不会。今天早上查房时，我遇到了病人AW，她经历了新年的"轰轰烈烈"。接

---

① 一个意大利的牙膏品牌。——译者注
② 查尔斯·狄更斯的小说《圣诞颂歌》（1843）中的虚构人物。他是一名备受盘剥的低薪职员。克拉契已成为维多利亚时代早期忍受恶劣工作环境、过长工作时间和低工资的工人阶级的象征。——译者注

着是一阵呜咽。

她发现自己在一个追求者的卧室里，需要一些阴道润滑剂，在床头柜和浴室橱柜里都没有找到Joy[1]，她突然有了灵感，于是去厨房寻找，然后拿了一桶花生酱回来。虽然她应该再在橱柜里找找，但总的来说，花生酱不是最坏的选择——它是一种以油为基础的酱，不但可被涂抹开，而且提供了顺滑或松脆的不同选择，为你增加了"乐趣"。但花生酱的缺点包括：油基润滑剂是避孕套的克星，花生酱还可能造成极度脏乱的场景。而且，没有清洁员会相信床单上棕色的润滑油是花生酱。此外，有些人对花生过敏，例如病人AW。

"但是……为什么？"我问，把"为什么"这个词拖得比安妮·伦诺克斯[2]能做到的还长。

她解释说："我以为这只是一个下半身的问题。"我想她当时应该是太激动了，没有用谷歌搜索，但事实证明她

---

① 某阴道润滑剂品牌的省称。 ——译者注
② 英国苏格兰女歌手。——译者注

的理论是错的。幸运的是，她没有经历呼吸困难或休克的最坏情况，但她的阴道和外阴肿胀到了无法排尿的程度。我上夜班的同事给她插了导尿管，把她阴道内的所有东西都清洗出来了（这让他们自然而然地成为"谁的跨年夜最糟糕？"话题的获胜选手），并给她服用类固醇和抗组胺药。

今天早上，"灾区"已经平静下来，导管已经被取出。她不借助导管也能顺利小便了，所以我让她出院了。她也就以后不再给阴道抹Sun-Pat①和我们达成了一致意见。

之后，我尝试使用新的计算机系统软件。一个IT"助手"——他的午餐似乎是奶酪、洋葱和下水道三明治——正在向我讲解这个软件。显然我需要从一个预编程的、有着极具体选项的电话簿中选择诊断结果。

"用一两个词来描述病人的诊断结果？"他问道。

我踌躇了一下："阴道防御？"

---

① 花生酱品牌。——译者注

2006年1月4日　星期三

在紧张地等待了几个月后，关于我在10月的临时代理夜班的最终判决来了——那个时候，由于时钟刚好已经往后拨了[①]，我在工时单上填写的是13个小时。

邮件咆哮道："轮班的定义是12个小时，不管实际工作了多少小时。"当你对照着这令人生气的邮件翻看任何一本《指南》试图找到答案时，谁还需要关于空间和时间的科学定律？我敢肯定，如果我是在时钟往前拨[②]的晚上值夜班，他们只会给我算11个小时的报酬。

---

① 进入冬令时，需要把时钟往后拨1个小时。——译者注
② 进入夏令时，需要把时钟往前拨1个小时。——译者注

2006年1月5日　星期四

"我不想死。"病人JM悲伤地说。当然，我们谁也不想死——这是人的本性，但从一位91岁的老人口中听到这句话，我还是有些惊讶的。我们习惯于把人到了如此高龄的情况描述为得享天年，但当你躺在医院的病床上，所有的迹象都表明你将永远离开这个星球时，年龄是多少其实没有什么不同。如果说有什么是不同的，那就是再多几十年来思考人生故事的最后一页，可能只会让人更不愿意走近它。

我想最好的办法就是假装没听见她说的话，然后继续把输液的针插在她手上，就好像我因为太过专注而没听到周遭的声音。她等点滴插好了，碰了碰我的手，她的皮肤松弛得不像人类的皮肤质地。"是不是？"她问，当我茫然地回望她时，她的眼睛搜索着我的答案，"我要死了吗？"

她知道答案。我第一次没有回答她，就是对她即将死亡的默认。她快要死了——活不过一天了。我接触的病人越多，就越能辨认出这种死亡的征兆。它不仅仅是指呼吸频率和全血细胞计数这样明确的可测量指标，或者呼吸困难和皮肤斑纹这样的临床症状。它是一种气氛，如果医生可以使用这样一个词。在妇科肿瘤科工作让我更加熟悉它。

　　以前从来没有人问过我这个问题，我也不知道该怎么处理。每天都会出现我的备忘录里没有记录的新挑战，就像不断重复的噩梦——醉醺醺且毫无准备地去参加期末考试。

　　迟疑了很长时间，我闪烁其词地撒谎道："不是，别傻了！"不是仅仅说了"不是"，而是说了"不是，别傻了！"。对她这个最大胆的问题，我以否认来回应，以将她从这种不祥之感中拉出来。

　　她回望我的神情表明她没有感到一丝安慰，只是假装接受了我的回答，并报以虚弱的微笑，然后慢慢地仰起头，看天花板，仿佛自己置身于繁星之中。一旦与她中断了眼神交流，我就找借口逃之夭夭了。[1]

我意识到我从来没有和病人本人谈论过死亡。当然，我和他们的家人、我的同事谈过死亡，但我要说的不是他们。在接下来的夜班时间里，我一直纠结于我应该说些什么。她想要的只是有人对她坦诚，并证实她内心深处知道的事情。91岁的她有这个权利。但我太害怕了，不敢说出真相，我让她失望了。

当我大限将至，如果能问医生这个问题，我希望他们诚实，还希望他们能给我提供他们能拿来的最大瓶的伏特加。

轮班结束后，我步履沉重地走回她的病房。我告诉自己，我要再和她说说话，并且一边走一边给自己鼓劲。我说"这是你欠她的"。但可耻的是，我有点希望我不再需要这么做了。

三号病房空出一张床。我不再需要这么做了。

---

[1] 著名的缓和照顾医生凯瑟琳·曼尼克斯在她的《好好告别》一书中将这个话题写得精彩而有力。不只是医护人员，我们所有人都需要诚实且无畏地谈论死亡。

第 三 个 圣 诞 节

THIRD CHRISTMAS

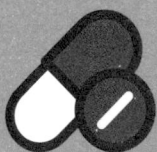

来吧丹瑟！来吧普兰瑟！

来吧鲁道夫！来吧科梅！

来救救我吧，因为我已经被呕吐物掩埋了！

2006年11月20日　星期一

圣诞轮值表已经通过电子邮件发送过来了——叮叮当，我抽中了下下签。

一整天都有同事向我投来同情的目光。另一个住院医生唐纳德拍了拍我的背："倒霉啊，伙计。"我刚要开口告诉他一切都好，他却插话说："我妈妈快不行了，这是我最后一次和她一起过圣诞节了。"

"哦，天哪，唐——对不起，我不知道。我并没想要换班……""不不，这是我给你的建议。以此作为你的理由，给他们回邮件。"

2006年12月19日　星期二

我们被邀请向慈善机构捐赠5英镑，并且被要求今天穿上有圣诞气氛的服装。大多数人选择穿上风格活泼的套头毛衣，所以空气中充满了静电的噼啪声，员工们只要相距小于1英尺①，就会变成人形范德格拉夫起电机。我已经拿出了我的鲁道夫音乐领带，它是我衣柜里唯一的圣诞行头。

我们开始巡查妇科病房。我在离胸口几英寸②远的地方双手合十，以防任何人或任何东西撞到我的领带上，从而引发《铃儿响叮当》的音乐。虽然我看起来像精神不正常的"医佛"，但并没有成为周围注意力的焦点。

---

① 英制中的长度单位，1英尺约为0.30米。——编者注
② 英制中的长度单位，1英寸等于1英尺的1/12。——编者注

"不好意思，我多嘴问一下，"主治医生马尔夫对巴尔扎克小姐说，"你套头衫上的那些驯鹿——你觉得它们看起来是不是……有点少儿不宜？"

巴尔扎克小姐低头看了看自己的毛衣：上面和下面是绿白相间的雪花图案十字绣，中部是三只驯鹿。中间那只驯鹿很明显巧妙地骑在右边的驯鹿身上，并且被左边个头较小的驯鹿舔着肛门。这打扮比把马普尔小姐装扮成莎朗·斯通还要离奇。①

"哦，天哪。"巴尔扎克小姐说，"它们还真是……是吧？"她是在外出为圣诞节采购时，在卡姆登市场的一个货摊上买了这件毛衣的，因为她觉得毛衣的图案看起来很有趣，但她没注意到鲁道夫的红鼻子看着有多激情四射。

"我们等着你换好衣服，好吗？"马尔夫问道。

巴尔扎克小姐没有理睬他："下一个是谁？8号隔间？"

---

① 马普尔小姐是阿加莎的侦探小说里的人物，她是一个老处女侦探。莎朗·斯通是一个性感女星。——译者注

2006年12月22日　星期五

　　病人FJ在使劲，我在用产钳助产，收音机在播放圣诞节的经典曲目。我已经做完了第二次拉扯（伴随着约翰尼·马西斯的音乐），宝宝快出生了。在大功告成之前，我们都屏住了呼吸。

　　病人突然对着收音机大喊：

　　"不，约翰尼。孩子出生时压根就不是这样的。"①

---

① 美国著名流行音乐歌手兼词曲作者。《当孩子出生时》是他的作品之一。——译者注

2006年12月23日　星期六

面对圣诞假期必须在医院工作的烦闷处境，我们很容易忘了病人面临的处境比这还要差得多。所以，接下来的几天，大家齐心协力，把那些基本好了的病人——能自己转着轮椅出病房或者能勉强走出病房的病人——送回家。病人从他们的病床上"复苏"，用的抗生素从隆重的静脉注射抗生素换成了便携的口服抗生素，他们回到了亲爱的家人的怀抱。额外的奖励是，鉴于手臂上还有医院腕带造成的压痕，他们不必喝蛋黄酒了，更别说切火鸡、拖地，或安慰一个想要Xbox游戏机却只得到了一本地图册的孩子。

病人BC当时72岁，术后情况良好，可以回家了。我很享受从一个病床边跑到另一个病床边宣布好消息的过程，就像一个游戏节目主持人告诉参赛者他们赢了"迷你地铁"游戏或者获得了一个可供四人去托雷莫利诺斯旅行的奢华假期。但轮到病人BC听我宣布好消息时，她没有像其他人一样容光焕发，只是咕哝着"好吧"，然后看向别处。

我犹豫着。

"呃……不过你的伤口看起来有点发红。"我说。其实伤口并没有发红。她回头看向我。我说："也许今后几天我们应该观察一下你的伤口？"

她全身都放松了。通常只有你告诉病人，他们的活检结果正常，你才会看到这种反应。我不敢问，到底是怎样让人绝望的家庭环境或者什么样的家庭环境的缺失，让她宁愿待在这里也不待在家里，但至少我们可以为她提供一个屋檐、一点陪伴，以及一些国家医疗服务体系供应的欧洲萝卜。这是经典的"甩祖母"的一个新样式，但我怀疑当时实际上是我一天里对病人帮助最大的时刻。

2006年12月24日　星期日

"视诊一下？"在医生食堂里，一个儿科主治医生一边问，一边用手机展示了一张照片——一个四岁左右的绿脸小孩。不是那种"有点憔悴"的绿，而是"沙坑里的铀"发出的冷光的那种绿。也许他爸爸是绿巨人，正在经历第一次暴怒？

答案：他拆了他妈妈的新奇耳环，把一个LED灯塞进了鼻子里，但他显然没有意识到作为一个圣诞奇闻，红灯会好得多。

2006年12月25日　星期一

虽然我尽了最大的努力，但这仍是一个帽子戏法：连续三个圣诞节不停地打开病人而不是礼物。与同事换班的试探性努力像绿头苍蝇一样被挥走了。我不确定我原本盼望着能从他们嘴里听到什么样的回复。"那我丈夫、我天使般的孩子们，以及几个月前就已经确定了的计划怎么办？行吧，这一天我就准备泡在齐膝深的羊水里度过了。"

总的来说，H对这个消息的接受度还算不错，但我还是觉得回家后可能看到我的每一双鞋都装满了蔓越莓酱。

我也观察到一些可喜的事情：助产士莫莉正在和急诊室护士彼得约会。这就像你听说一对名人在一起了，你试着想象他们在一起——煮意大利面、大采购、争吵、做爱、倒车入库、看《加冕街》——然后给他们一个角斗士风格的竖大拇指（朝上或者朝下）。

　　显然，他们已经持续约会好几个月了，但他们从未公开过这件事。我们之所以知道是因为他们今天都在工作，彼得在产房用一顿丰盛的圣诞双人晚餐给了莫莉一个惊喜。餐食是昨晚精心准备的，用特百惠的餐具装着送过来的，现在正在产房的微波炉里旋转。他甚至与助产士主管桑德拉串通好了，桑德拉让莫莉休息一下，把我们其他人赶出了咖啡室，好让他们有时间在一起。为了给他们这顿晚餐添加一些雅致的情调，桑德拉甚至还铺了一块桌布（好吧，是蓝色的窗帘）。

　　我们其余的人在走廊里走来走去的次数明显超出了必要的次数，这样我们就可以透过咖啡室的门偷瞄他们一眼。从表面上看，这不是一顿很快就会困扰《米其林指南》的圣诞晚餐——在一个可能引发批评的房间里，在30分钟的午休时间里狼吞虎咽地吃下微波炉烤土豆、脱水火鸡和凝固的肉汁。但这顿晚餐背后的思想——浪漫喜剧的甜蜜——使这顿晚餐成了我这星期看过的最美丽的东西，让我本能地嫉妒能和伴侣一起度过圣诞节的人。

传呼机提示我去看病人NW，她因为在孕期38星期时出现胎动减少的情况而来到产房。[1]胎心宫缩图[2]显示病人的状态不太好，胎儿臀位[3]，所以要马上准备剖宫产术。

"哦，看在上帝的分儿上……"她说。

我向她保证，她和孩子都会安好。"哦，不是这样的，"她呻吟道，"我的另一个孩子也是在圣诞节出生

---

[1] 妈妈知道她未出生的孩子出了什么问题。联系他们的脐带不仅仅是一根脐带，这几乎是一种心灵纽带，而疏忽大意的产科医生会忽视妈妈的直觉。当然，这与几乎所有其他医学分支形成了鲜明的对比。在其他医学分支，病人疯狂地在谷歌上搜索出各种离谱的东西，这些搜索结果与他们的实际诊断相符的概率大约为零。

有时候，胎动减少是出问题的迹象，但通常情况下，宝宝只是决定"休息一下"——这是对他们未来青少年时期审美趣味的令人兴奋的一瞥，很快，在妈妈喝一杯冷水时，他们就醒过来了。这就像妈妈浇了一桶冷水到胎儿的头上一样。这也是他们青少年时期值得记住的。

[2] 一种记录胎儿心率和妈妈宫缩的图形，不断地从打印机中流出，就像20世纪50年代华尔街的自动收报机。

[3] 指胎儿臀部在子宫口处，这是常见的异常胎位之一。如果在胎儿足月时胎位仍未得到纠正，那么在妈妈分娩时，医生多建议采取剖宫产，因为在这种情况下通过阴道自然分娩的风险通常较大。——译者注

的。每个人都会认为我是故意这么做，以节省礼物。"

我离开房间，看到彼得和莫莉正在争分夺秒地接吻，在为伟大的英国民众出现的挫伤和宫缩而扑入忙碌的7个小时之前。我为他们竖起了大拇指。不过我不确定我想不想想象他们做爱的情景。

2006年12月27日　星期三

一位病人10岁的儿子在分诊处一言不发地坐了1个小时，而他的母亲则盯着他的笔记本电脑屏幕，看着他不停地敲击键盘。我猜那是圣诞礼物吧。笔记本电脑每隔一两秒就会发出恼人的哔哔声。我应该没收它，把它捐给护士站——它看起来比我在医院里见过的任何电脑都新，甚至先进20倍，就像拿哈勃望远镜和威士忌酒厂礼品店里1.99英镑一副的格子框架新奇眼镜做比较一样。

哔哔。哔哔。哔哔。不过，至少这不是一套架子鼓。他妈妈注意到我在盯着他看，于是对我微微一笑，误以为我认为她的儿子方方面面都很可爱。

"他真的很喜欢可待因^①（codeine）。"她告诉我。天哪。几个小时里，儿童保护机构的官方电话号码在我眼前闪现，在我值班的剩余时间里挥之不去。她看着我那张显然很不安的脸，又说了一遍："他真的很喜欢编程（coding）。"

---

① 从罂粟中分离得到的一种生物碱。——编者注

2006年12月28日　星期四

我一直在和上瘾的想法做斗争——我想很多人都是这样的，如果他们本人不是瘾君子。但我们很难把理性的思维过程应用到那些不理性的人身上，因为他们的理性思想被劫持了。

他们是来医院就诊的人群的主要组成部分。因吸烟引发了肺气肿并将逐渐窒息至死的病人，在医院停车场的轮椅上哆哆嗦嗦地一边抽着烟，一边吸着氧气罐。对于失去了工作和家庭的酒鬼，医生警告他们处于不可逆的肝硬化边缘，但他们仍然会在出院后、回家之前去酒吧喝上很多酒。

还有病人KM，一位60多岁的女士，她准备用莎隆果[1]自杀。外科医生让我检查她是否存在绝经后出血的情况。在给她做检查之前，我读了病例里一封来自诊所的信，然后重读了一遍，因为我估计主任医生的秘书一直在闻修正液。

大约10年前，KM因患胃癌而接受了胃切除术[2]，现在她必须严格控制饮食，避免摄入某些她无法消化的食物。排在首位的是柿子，或称莎隆果，这并不是一种青苹果，所以很容易避免食用。你可能会这样想。

病人KM在马耳他长大，吃莎隆果一直以来都是她的家庭过圣诞节的传统，尽管她的外科医生警告过她，但她并不打算放弃这个传统。[3]她也知道这不是一个虚张声势的

---

[1] 柿子的一个品种。——译者注

[2] 某某切除术（-ectomy）是指通过手术切除某某。所以把胃去掉就是胃切除术（gastrectomy），男性绝育就是输精管切除术（vasectomy），私人医疗则是金钱切除术（cashectomy）。

[3] 上帝知道原因。我已经吃了一个莎隆果，这种水果没有什么值得大书特书的特点。莎隆果富含纤维，没什么味道，就像球形的酒椰纤维餐垫。我认为特里不用担心巧克力橙的销量会因莎隆果的热销而暴跌。

警告；这些小果实已经让她得了5次肠梗阻，搞砸了5个圣诞节——在她的结肠里形成了坚固的、像混凝土一样的阻塞，其中3次肠梗阻需要做开腹手术。最近的1次发生在上星期，当时外科医生切开她的身体，把柿石①从她的肠子里挤了出来，就像挤牙膏里的大理石一样。

她告诉我："没有它就相当于没过圣诞节。"我不确定她说的是水果还是她因肠梗阻住院这件事。

下一篇日记包含了1台医疗手术的细节，你在阅读的过程中可能会感到非常不舒服。如果你不想看到这种内容，请翻到第93页。

---

① 你相信竟然有一个医学术语特指肠道中大量未消化的莎隆果吗？难怪医学院的学生要花这么长时间，学这些狗屁东西。

2006年12月29日　星期五

不在办公室过圣诞节的概念并不真正适用于医学。宝宝们不会关心你准备畅饮一大瓶百利酒并吃完一罐Celebrations糖果的计划，而且出现医疗紧急情况的次数并不会因为斯莱德①在每一家商店的广播里大唱特唱而减少。

德弗罗教授列出的手术终止妊娠的患者名单太讲究时效性了，以至于根本没办法休一个星期的假。今天我和教授一起被安排到手术室，名单上的第一个病人是SH，她令人难以置信的悲伤故事应该仅出现在伦理教科书上——她21岁，患有心脏病，这意味着如果维持孕期，她就不可

---

① 英国的一个摇滚乐队。——译者注

能活下来。在怀孕15个星期时，她的心脏功能已经严重衰退，她为了挽救自己的生命不得不做出令人心碎的决定——终止妊娠。[①]所以，当世界上的其他人正像都铎王朝的国王一样吃东西时，她却在为自己做出的艰难决定而感到痛苦。今天，当每个人都在《谍影重重》电影重播前从4天的宿醉中清醒过来时，她却处于全身麻醉状态。

我看过她的病历，知道她的情况，但在手术室里根本没有关于她的情况的讨论。德弗罗教授正在和麻醉师聊天，争论安排圣诞轮值表的仙女对谁最残酷。教授没有坐在凳子上准备做手术，而是转向我，问道："你想做吗？"

我真的，真的不想。但又觉得自己这样太自私了——**我站在一个正在经历生命中最黑暗、最痛苦的一天的病人身边，我却只担心自己的感受吗？** 可这个过程的残酷程度会是难以言表的——对我来说，我仿佛被推到一个已经挤到

[①] 怀孕给身体带来了巨大的负担，从肺到肝脏，每个器官都必须适应。心脏的工作强度约比怀孕前增加了50%，以向全身输送更多的血液，这不是每个心脏都能应对的。

爆的盒子里，这是一种更大的伤害。

这里很少做宫颈扩张及清宫术，而我更是从来没见过。[①]如果我拒绝他，他会怎么看我？拒绝一个培训机会看上去可不太好。我应该说出真相，告诉他我觉得这让我太难受吗？跟他说我喝醉了，我在医学院的考试成绩不及格，或者过去三年我一直在用伪造的医院通行证会更容易些。什么样的医生会因为太软弱而不能胜任工作？

我恍然大悟，和麻醉师在手术室里不合时宜地开玩笑正是教授处理这种事的方式。医生从不在家里讲他们工作中的这种事，如果你甚至都不和同房间的同事谈论这种事，也许这就能完全不去想这种事。比如当伦敦遭遇闪电战空袭时，你身在其中唱着圣诞颂歌。

又或许，教授只是有一副比我的更坚固的铠甲，一种

---

① 大多数妊娠终止手术是在妊娠12星期之前进行的，这在技术上和心理上都要简单得多，只需要从子宫颈部插入一根小吸管。13星期后，妊娠终止手术将涉及宫颈扩张及清宫术。这是一种不常做的手术，因为此时终止妊娠相对不常见，而且绝大多数情况下都是通过药物诱导流产。然而，一些患者选择在全身麻醉的情况下进行手术，以避免经历妊娠中期流产带来的更多的情感痛苦。

天生的恬淡个性，所以能日复一日地应对这些事情，而不会被其刺穿铠甲。

如果病人SH有足够的勇气经历这一切，那我至少应该有勇气为她挺身而出。我跟教授说：是的。我甚至努力让自己听起来特别想做这件事。教授显然希望我对这个机会心存感激，因为他自己做这个手术要比给我讲解并由我来做这个手术快得多。而且，我们是在挽救一条生命，如果不做这个手术，那么怀孕会害死她，所以我有什么资格踌躇不决？

我希望我能说之前是我反应过度了，手术过程远没到我担心的那种糟糕程度，但事实是，手术过程的每一步都非常可怕。

用尺寸几乎可谓野蛮的金属棒扩张子宫颈。用超声波来引导我放进去的仪器——这是一个具象的、实时的提醒，提醒我在做什么。抓住，捣碎。我在屏幕上看到了一切，但我的手感受不到这一切——我在我的灵魂中感受得到。撕开，扯出。当你申请这个专业的时候，一些事情他们永远不会告诉你——他们不会，否则你会跑得远远的。我祈祷一切都结束了，但并没有。再次扯出。一次又一次。感谢我的外科口罩遮住了我颤抖的嘴唇。我无法回答德弗罗教授轻松的、不带感情色彩的指示，只能机械地"嗯哼"一声，以防破音。我在脑海里一遍又一遍地重复着"我们在挽救一个女人的生命"这句话。抽吸，刮净，完成。几分钟感觉像几个星期。

我过去曾读到，当病人选择在后期通过手术终止妊娠而非通过药物终止妊娠时，部分痛苦的重压会从病人身上转移到医生身上。我突然就理解了。然后，我又为自己与这样一件事的关联而感到不安。没关系，我可以回家，抑郁一两天，然后让这件事在我平淡如水的来日里渐渐被淡忘。

德弗罗教授让我回到了当下。"对，我们做完了！唤醒她！"他兴高采烈地向麻醉师说道。这种欢乐几乎让人安心。"下一位顾客是谁？"

"恐怕我得回病房了。"我说。但是我没有回去。我需要新鲜空气或者一个安静的房间。哪怕是一个吵闹的房间也行，只要是这个房间以外的任何房间。

"没问题，你去吧。我来做记录。"

我从凳子上站起来。他把手放在我的肩膀上使劲捏了一下——他理解我。这是我们之间的秘密，我现在加入组织了。他转向麻醉师，呼出一口气。

"女王公园巡游者足球俱乐部今天有比赛吗？"①

---

① 我没有把这篇日记写进我的第一本书，是因为我无法面对在多次校对时必须再读一遍的想法，我不确定是否要把这种痛苦强加给读者。后来我后悔了，因为这是我医疗生涯中对我影响极大的时刻之一。

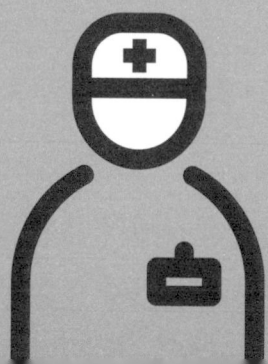

第 四 个 圣 诞 节

FOURTH CHRISTMAS

你看，那穿着紫红色西装的人是谁？

是我，我从头到脚都被胎盘包裹着。

2007年12月19日　星期三

又一封来自当权者的信件——以文字友好地表达了对我的死亡威胁——在我的信箱里嗡嗡作响。

今天的信件中包含粗糙的冬青树枝剪贴画和每句话里过多的分号，让人看得特别狂躁。信件通知所有员工，这个月手术服的颜色将从蓝色改为红色。就像星巴克的杯子一样！多有趣呀！也许他们还会让我们将手术帽换成镶着毛茸茸白边的红色丝绒帽，将手术鞋换成尖头精灵鞋，用《圣诞节我想要的只有你》里的钢琴前奏代替普通传呼机的刺耳声音。这些我都可以支持。

但就像礼品盒里的小狗一样，信件中的通知不仅仅是圣诞节的礼物——它是永久有效的。我们将会像那些深受其害的观看早间电视节目的人一样，他们信了Wizzard[1]的话，每天都庆祝圣诞节。很快就有传言说，手术服的颜色出现这一变化的原因与节庆或手术服的设计无关，而是自然原因、经济原因。[2]

我喜欢蓝色或绿色的手术服。在某种程度上，它们是"医疗专业人员"一目了然的标识，其他颜色都不是。在圣阿加莎医院，他们坚持每个专业的医生都要穿不同颜色的衣服——麻醉师穿橙色的，助产士穿灰色的，产科医生穿紫色的，等等。整个团队为急救警报而匆忙赶来时，就像有人呼叫来了恐龙战队一样。

---

[1] 英国摇滚乐队。《我希望每天都能过圣诞节》是Wizzard乐队著名的歌之一。——译者注

[2] 手术服并不便宜，因为它们需要能应对医院里通常以非常快的速度从各个角度向你飞溅过来的一切。它们是由高质量的棉花制成的，辅以高密度的编织，所以病菌没法进去（或者出来，去结识我的前同事）。但对医院来说，比购买手术服更贵的是清洗、熨平它们，去除上面的埃博拉病毒，以备下次使用。在产房，你会遇到大量以下情况：产妇分娩时你很难不被液体溅到，你基本上相当于坐在前排看海洋世界的虎鲸表演，除非这头虎鲸因为吃烤肉串而患上了慢性烂鳃病。说病人挑剔吧，但他们其实更喜欢新款手术服——当医生来敲门时，他们看起来不像是刚从《电锯惊魂》中被删除的场景里走出来的。

为什么红色手术服是解决我们医院出现财务黑洞的答案？红色染料会便宜很多吗？我们部门得到了维珍大西洋航空公司①的赞助吗？没有。红色手术服染上血之后看起来不明显罢了，他们希望病人不会注意到我们整个人都泡在鲜血里。②

---

① 维珍大西洋航空公司的空姐制服是红色的。——译者注
② 医院总是在想法减少洗涤这么多手术服的费用。在我曾工作过的一个地方，他们曾尝试设置自动售货机，即在每个更衣室都配备一个手术服售货机，只要在电子阅读器上晃动你的"手术服卡"™（或其他什么东西），就会得到一件新的上衣和裤子。从原理上讲，这听起来很棒，但这种售货机不像普通的自动售货机那样，能特别快速地把你的吉百利克伦奇巧克力抛进托盘里，以致都要撞碎了。这个冰冷的家伙仿佛被冻住了，缓慢地吐出它的产品——不是产房正常运转的速度。这就像等待一本《圣经》从喷墨打印机里打印完毕一样。
　　每个工作人员都分到了一个"手术服卡"™，每天可从机器中领取三套装备。值夜班还是不错的——这个卡在深夜12点重新恢复额度，所以午夜之前和午夜之后各有三套可用，这对所有人来说都是足够的——除了最粗心的夜班值班人。白班对我们来说是更大的考验，因为只能得到三套手术服，所以我们开始钻制度的空子，学习存储物资。在医院里，当我们不需要穿手术服时，我们会跑到我们的机器人自动洗衣店，把自己全部的份额都取出来，然后像将巧克力甜点存到小玻璃罐里一样，把我们珍贵的手术服储存起来，因为也许有一天它们就会派上用场。

2007年12月21日　星期五

一方面，自从新的声控总机系统进来后，我的传呼机安静了许多；另一方面，我几乎不可能联系到其他人。

大概是因为这家医院位于一个非常高端的地区，软件公司认为医院员工们每天都和拥有地产的上流人士谈笑风生，所以系统被设计成只能识别极其傲慢的口音。每个病房都挤满了对着电话听筒重复着同样的话的医生和护士，他们的发音变得越来越高雅。"Theatre（手术室）……thurta……thartaaaaah。"就像业余戏剧社团出品的《高斯福庄园》。

当你最终设法让电话总机的邪恶机器人听懂了你说的一个词时，你会发现它所理解的完全不是你所表达的。今天的感想是，拿着两个酸奶罐和一根长绳子来联络放射科医生估计都会更高效。

"放射科（Radiology）"。

"为您转接到听力科（Audiology）。或说：取消。"

"取消（Cancel）！"

"为您转接到癌症（Cancer）病房。"

100

2007年12月23日　星期日

　　就像你在剧烈运动后要做温和的放松练习一样——因为直接从激烈的运动状态过渡到静止状态对你的身体是有害的，我在值完累人的夜班之后，紧接着值了一个劳累程度降了一级的白班（以住院医生的身份）。我在做一件好事，因为今晚本应值班的住院医生刚失去了她的祖父，并被拒绝给予恩恤假——这种假显然仅限于一级亲属。被告知作为你最亲最爱的人还能得到这样的附加价值真是美好啊，就像一场家谱上的顶级王牌游戏。似乎被拒绝请恩恤假还不够，她甚至都不能请一天年假，因为她被告知了以下规定——"节假日期间不得休年假"。

　　"如你所知，这是标准政策"是人力资源部门的默认说辞——可能例行公事的恶毒总比选择性地表达恶意要好点。从好的方面来看，这对他们来说已经算友善的表现了。众所周知，他们过去是要求提供死亡证明的，甚至声称只有伴侣真的去世而不只是紧急进入重症监护室，才有足够的理由停工几天。

尽管管理部门坚决要求她不去参加自己祖父的葬礼，但我们还是设法让这位住院医生成功解决了这个难题。我们内部做了一些调整。我要多待六个小时，今晚的主治医生要提前六个小时到。理想情况下，她有一天以上的时间哀悼祖父和帮家人处理葬礼的事，总比什么都不能做好。高层有自己不可动摇的规矩，但本应保护普通员工的规章制度，在需要时却总是被玩弄或被忽视，这多么令人沮丧啊！

但没关系，在一个比我的工资级别低的岗位工作（尽管事实上它是免费的）差不多可以说是一种放松了！值班名册上的主治医生自然是临时代班的。大部分情况下我们都各忙各的。出于礼貌，我收治病人时会告诉他。我们合力完成了两三个剖宫产手术。我没有告诉他我实际上是一名主治医生，我觉着没必要削弱他的威信。

我那一半的轮班结束了，我们正准备道别，他把我拉到一边，说我是一名优秀的住院医生。

他说："你应该考虑升为一名主治医生。"他摆出一副高人一等的露齿笑容（这种笑容我通常是留给那些告诉我他们1岁的孩子多么聪明的人的）对我说。他补充道："可能还需要磨炼六个月左右吧。"

圣诞快乐，你这个混蛋。

2007年12月24日　星期一

患者HL出现了性交后出血的现象。阴道里面看起来有点……擦伤。她的故事显然少了一部分——也许她的男朋友就是《神奇四侠》里那个全身都是石头的黄色大家伙。

真正的答案是，在没有避孕套的情况下，她和她的伙伴在圣诞精选礼盒里，临时选中了玛氏巧克力棒的包装纸——真正拥有了"工作、休息和娱乐"中的"娱乐"①。人类对做爱的欲望似乎凌驾于我们的正常理性之上。这就是为什么有人会在飞机上的厕所（一个可以冲水的棺材！）里干起来，或者用胡椒研磨器代替假阳具。

---

① "每天一条玛氏巧克力，让你工作、休息和娱乐样样随心意"是玛氏巧克力棒的广告语。——译者注

幸运的是，病人HL没有需要缝合的部位，也不需要包扎。[①]我建议她以后使用不那么粗糙的方法避孕，在痊愈之前先歇一阵子。我不是说她应该转而去用奇巧[②]。

---

① 每个童子军都知道，止血的第一步是要对伤口施加压力。这也适用于阴道撕裂伤（尽管他们倾向于将这部分知识从童子军手册中删掉），通过用一段纱布"填充"阴道来施加这种压力。
② 雀巢公司生产的一种巧克力棒的品牌。——译者注

2007年12月25日　星期二

去他妈的用冬青树枝装点的大厅。这已经是我连续在医院度过的第4个圣诞节了，令人沮丧的是我现在居然觉得挺正常。惯性正在形成，就像一棵树围绕着栏杆生长。早上7点睡眼惺忪地交换了礼物，狼吞虎咽地吃着肉馅饼，而H假装没有注意到我正盯着时钟。

今年圣诞轮值表出来的时候我没有反抗。这只是工作，总得有人去做。也许这迎合了所有医生都假装自己没有的英雄情结——带着传呼机的蝙蝠侠。此外，每个人在做了一些好事后都会产生自私的情绪，比如你给募捐型的电视节目做了捐赠，或者帮一个哭哭啼啼的幼儿捡起他们掉在地上的泰迪熊。如果上帝没有在天堂或地狱的账簿上记录我的行为，这就有些问题了。但我在医院的无私只会在其他方面加剧我的自私。我抛下了H——他现在不再提这件事了，因为我们已经从各个可能的角度讨论了这件事。我抛下了我的家人——他们永远不会停止提起这件事。即使在死后，他们肯定也会通过年度预定的电子邮件或通灵板等方法向我提起这件事。

今天，我妈妈发来的短信是："也许我们总有一年会见到你的。"把愧疚感武装起来。我想在这些天里我只是那些不庆祝圣诞节的人之一。

在开车去上班的路上，声音清脆的电台主持人向所有在圣诞节上班的人大声喊话，我几乎要按响喇叭以声援了，然后想起我是英国人。①然后，思绪被拉回到今天的停车场是否免费的问题上（显然是不免费）。

我匆匆忙忙地走进产科，抬头看了看产房的公告牌，叹了口气："8号房的病人被转到精神科去了吗？"

---

① 在英国，按喇叭被认为是非常不礼貌的行为。不到万不得已不能这样做。——译者注

助产士梅甘更大声地对我叹了口气，让我再看看病人的信息。

· 18岁

· 在分娩的过程中拒绝阴道检查，声称自己是"处女"

· 因为声称自己的孩子是"上帝之子"而被转移到精神科诊治

· 海外患者：拿撒勒

· 房间内访客过多

· 深夜12点，分娩出一个男婴。状态：稳定

呵呵，才不是。现在是上午8点10分，我已经累得受不了了。

妇科病房里的"幽默"就少多了。病人HW在这里度过

了相当糟糕的1星期，卵巢扭转①的紧急手术和持续存在的术后伤口感染令人心情黯然。我非常希望她的体温能降下来，这样她就能在某个时刻赶回家，享受剩下的圣诞节时光，避免12月的假期完全泡汤。今年我一定是一个出人意料的好孩子，因为圣诞老人仔细检查了他的清单，给了我我想要的东西。不幸的是，尽管现在病人HW从临床诊断来看已经康复，但仍有后勤问题需要处理——她找不到人开车送她，而运送病人的人说，他们的"驴背"（小破车）上已经没有空间了。

布鲁克是一名妇科护士，像极了克里斯·利亚②——只不过她没有胡子和那用水泥漱口时才会发出的声音。她提出要开车送病人HW回家。"反正我也顺路！"她轻快地说，但另一名护士悄悄提到情况根本不是这样的。这个纯

---

① 请参阅平装本 *This is Going to Hurt*（《绝对笑喷之弃业医生日志》英文原版）第44页的脚注。好吧，这一次卵巢扭转是指卵巢韧带缠绕得像五月柱一样，切断了血液供应。

② 英国摇滚和蓝调歌手、词曲作者和吉他手，他的特征是拥有独特、沙哑的嗓音。——译者注

粹的善举融化了我冰冷的心。

　　有时候我可能会多走1英里去上班，但是不会像布鲁克一样，我绝不允许在回家的路上多走17英里。布鲁克告诉病人自己会在下午2点下班，不知道她愿不愿意等那么久。"没问题，"病人回答，"但希望你不需要我付油钱。"好得很。

2007年12月27日　星期四

现在是凌晨4点，我蜷缩在医生休息室的椅子上，发出像泄气的皮筏艇一样的声音。实习医生伯顿则像羊角面包一样蜷缩在我对面的沙发上。"你值班的情况还好吗？"我问。

他微微展开身子，抬头看着我——他的身体似乎疲惫不堪，脸有些浮肿。他准备开口说话，但显得十分费力，随即摇摇头，又回到他那想象的茧里面。哦，天哪！我更希望百无聊赖地盯着电视看半个小时，也不愿意去询问一个处于痛苦中的同事。

"伙计……你还好吗？"

他的头再次露出来，就像世界上最萎靡不振的猫鼬。

"自动售货机坏了。"

2007年12月28日　星期五

"样本不足"是初级医生的致命伤。当我查看病人的血检结果时，我会有一种莫名的恐惧，就像第一次看到某人脱衣服，或者上午10点28分在麦当劳排队，祈祷自己能在早餐菜单结束前排到柜台。

通常都是紧急血检——给一个静脉细如原子的病人做的血检，你扎了他15次，结果那个病人看起来就像刚给豪猪打过飞机一样。你捧着那珍贵的血液试管，就像戴着白手套的博物馆馆长捧着一本初版的《旧约》，默默祈祷着把它送进实验室。然后，你收到了"样本不足"的提示。你总有一种感觉，就是实验室的技术人员正在用煤气灯效应操控你——你知道，那神圣的安瓿瓶已经满到瓶口了。即便没那么多，但警方都可以以几十年前的少量唾沫的DNA

作为证据来给凶手定罪，医院实验室就不能大胆一点，靠2.9毫升而不是3毫升血液来告诉我病人的凝血状况吗？但你能做的是对着当时正好站在你旁边的人发发牢骚，然后回到病人身边进行第2轮抽血。这对我来说是多几分钟的工作，对病人来说就是手上再增加一些扎针的痕迹，但总的来说没有造成实质性的伤害。

今天更令人恼火的是，我在不孕不育诊室看一对夫妇的检查结果时，发现精液分析报告显示"样本不足"。不像再做一遍血液检测，我在这里对他做什么都能让他把我干掉。所以，这位老兄将不得不和精液储存诊室再次预约，但因为没有精液紧急情况一说，预约的时间肯定就要到明年了。然后，他将不得不等一个月左右才能回到我的诊室，因为在得出一套完整的结论之前，我们不能讨论下一步。

我正要告诉他们这个消息时，我的眼睛往屏幕下方移了一点。**详情！"样本不足，混有尘土、绒毛和碎屑。请**

重新检测。" 他是……撸到了吸尘袋里吗？

这位病人似乎真的很惊讶自己的小动作被发现了，但他平静地承认他射出了容器。毫无疑问，当时他耳边回响着祖母那句"不要浪费，不要浪费"的战斗口号，于是他尽了最大的努力把东西舀进了"锅"里——同时舀进去的还有灰尘和之前什么人或什么物种留下的DNA。

他的妻子自豪地说"他确实射得挺远的"，就像在吹嘘她的孩子具有钢琴三级的水平一样。[①]

我不能责怪这位老兄没有奥运会弓箭手的精准度，因为我们的实验室没有专用的"生产室"（他们就是这样羞涩地描述的），所以病人不得不在男厕所的隔间里打一个（射精）。听着隔壁小隔间里的屎尿屁合奏，要让自

---

① 远距离射精（这是"射精"一词第一次出现在圣诞礼物书上吧？）可以作为一种有用的诊断手段。一位医学院的朋友现在已经是一名脑外科医生，有一天晚上他成功地射中了自己的眼睛。最初他认为只是轻微地发炎了，但两三个星期后还没好，他就去看了医生，被诊断出感染了一种在平常情形下没有症状的眼部衣原体。

己达到"性的狂喜"程度并非易事。对医院的工作人员来说，这也让他们非常分心，因为他们很清楚当他们通过解决消化系统的问题来获得一点独处时间时，隔壁小隔间正被征用来干什么。[①]

作为我获得生殖医学理学学士学位需完成的一部分，我花了几天时间在一个生殖科学实验室工作，处理和测试送来的样本。我一丝不苟地按照实验室技术员给我的指示去做：测量样本的体积；将其转移到一个新的容器；在离心机中旋转样本，将精子从不必要的液体中分离出来；把液体倒入水槽……

"你在干什么?!"实验室技术员喊道，"你刚刚把

---

① 一位曾在美国一家不孕不育诊所工作的护士告诉我，他们那里以前有电视屏幕和DVD播放器。虽然没有明说可以提供汽车旅馆级别的低俗色情娱乐片，但有一个令人不敢细想的细节——遥控器被放在一个密封袋里。

一些单位，包括我工作的单位，会给你必要的工具箱，这样你回到家后，就可以在自己舒适的卧室里收集样本，并在一个小时内把样本瓶带来。我们的说明书上写着："让瓶子保持与体温一致，比如放在裤子口袋里、腋下或两腿之间。"一个男人把说明书上的指示解释为"放置在肛门里"，因此他成了令人反感的传说，以及许多医生晚宴上的头条新闻，但公平地说，他的做法确实能让样本保持与体温一致。

精子倒掉了！"我吓得瞬间脸色煞白，用手指在洗涤槽周围乱摸。她耸了耸肩，然后踱步到电脑前宣布检查结果："样本不足。"①

① 在我编辑这本书的时候，一个来自中国的消息称可以消除"样本不足"，尽管这可能需要病人付出更高的代价，即牺牲病人的尊严。一家医院已经发布了一种自动取精机，它看起来有点像一个定制的饮水机，上面有一个插入阴茎的孔。这台机器将利用解剖学上精确的振动和疯狂的抽吸和推挤，给病人打飞机，并收集他们喷出的任何东西。然后，病人就可以回去工作了，留下心理上的后遗症——这都是由于他们和一个淫荡的废纸篓发生了性关系。

2007年12月29日　星期六

历史并没有记载旧石器时代的哪个画家最先将蓝色和黄色混合成绿色，或者将蓝色和红色混合成紫色。但病人HC发现，如果你把一个混合了肉桂和香料酒的插电式空气清新剂带入你的产房，以增添一点喜庆的芬芳，就会发现这不仅不能够掩盖血腥味、胎盘味、羊水味、粪便味组成的气味大杂烩，反而让这些气味以某种方式结合在一起，创造出最令人作呕的恶臭。这种恶臭悬浮在空气中，就像詹姆斯·邦德的电影里某种辛辣的致人死亡的气体，其形成的腐烂的云团阻塞着每个人的呼吸道，钝化了每个人的神经末梢。我们正让人对房间进行深度清洁，但他们很可能不得不把整个医院拆掉以完成尝试清洁。

2007年12月31日　星期一

新年前夕，我和弟弟都在医院工作，所以我打电话给他，联络一下兄弟感情。我们谈论了各自的决心——我不知道为什么要自寻烦恼，以往我为改变自己的生活方式而坚持努力的时间从来都没超过圣诞装饰物悬挂的期限。我不怪自己，要怪就怪1月。在1月，每个人都像复活了的尸体一样四处游荡，天气会让欧内斯特·沙克尔顿①去商店买1品脱②牛奶都要考虑再三，而我们选择在这个月举行一场奇怪的自我鞭挞。

但再一次，乐观战胜了客观，我决定要减肥了。能有

---

① 著名的南极探险家。——译者注
② 品脱，英、美计量体积或容积的单位。用作液量单位时，英制1品脱约为0.57升。——编者注

多难呢？反正我都没时间吃饭。

"是的，你也许应该这么做。"他回答。我更希望听到一句"别傻了，你看起来挺好的！"，但考虑到医生的诚实和兄弟间的直率，这显然是不现实的。他告诉我他有一些重要的建议，于是我竖起了耳朵。也许他去听了某些医学院的讲座，而我翘课了？我已经在想象自己变瘦了，并期待着在他人问我是否减肥了时，感受一下多巴胺的冲击。（"哦，我不知道，可能有点吧？"我一边回答，一边用自己锋利的颧骨裁开一张纸。）

他说，不要做他去年做过的傻事。"你知道森宝利超市的'品味不同'即食食品吗？"

是的，我知道。

"嗯，它们是高档系列，不是减肥系列。直到3月我才明白为什么我的体重一点也没下降。"

2008年1月7日　星期一

5星期前我和会计见面，他年年不变地就记账的事对我表达不满（"亚当，你要是进了监狱可就不妙了"），而我到现在还会尽心尽力地保存各种收据。这些破事会在2月结束，但现在我是英国税务海关总署的一名收据保管男孩：在产前门诊，一位病人不小心把尿撒在我的裤子上，我要干洗衣服；购买并学习300英镑的高级生命支持课程，这在某种程度上是我从事的这个工作要求学习的，但医院既不提供资金，也不提供进修假期（你可以免费得到那个谜语——侏儒怪①）；上一个听诊器被血浸得出故障之后，

---

① 德国民间故事中的一个侏儒，他给国王的新娘提供帮助，条件是新娘把她的第一个孩子送给他，或者猜出他的名字。结果新娘猜对了，侏儒一气之下自杀身亡。——译者注

我换了个新的。

产房今天没有太多麻烦事，所以我打算溜到等候室眯一会儿。运气好的时候，这还是能做到的。但今天，这张床——一直以来都有着沃姆伍德·斯克拉比斯①式的奢华——不仅被剥去了床上用品，而且令人费解的是，床垫也被剥去了。我想知道它们去哪儿了。可能被当成破烂清理掉了，可能被风吹走了——它们确实很薄，也可能被卖掉了，以帮助医院填补不断深化的"财务马里亚纳海沟"。考虑到他们已经用自动售货机取代了食堂，现在没什么能让我感到惊讶了。

我是不会知难而退的，即使接受死亡冰冷的拥抱是唯一允许我躺下的方式，我也愿意接受，所以我在这张床的木板上试探性地休息了一会儿。我很快意识到这样做除了让我得到慢性背部损伤之外，其他什么也得不到。我不情愿地承认了失败，然后回到了楼下。

---

① 伦敦一所监狱的名字。——译者注

在我离开之前，我在一个可能会被伦敦房地产经纪人称为"套间"——但它显然是一个被征用来充当厕所的扫帚橱柜——的地方停留了一会儿。当我坐在那里时，我注意到擦手巾也不见了。可能预算紧缩也使擦干手成了一种轻佻的享受——我完全能预见有一天其他"奢侈品"也会被移除，比如灯泡和墙壁。

然后，我意识到——有点晚了——卫生纸也没有了。他妈的。但发明是需求的产物——我想我得向会计解释一下，为什么我又一年没有收据。

第 五 个 圣 诞 节

FIFTH CHRISTMAS

我挂上袜子，躺下睡觉。

然后听到我的传呼机发出该死的尖叫声。

2008年12月15日　星期一

为了给参加医学院期末考试的学生做测试，我在一个偏远的医院里度过了一天，这是为了帮一个我只见过一次面的教授的忙。这是一个非帮不可的忙，就像你得跳出一辆超速行驶的列车的运行轨道，以化解危机一样。此外，我不得不从我宝贵的年假中抽出时间（这一点我没有告诉H）。不过，我可以坐一整天，这也算是一种不错的调剂，而且即使我心不在焉，也不会有什么不好的后果。好吧，后果也许是让一个粗心大意的学生有资格当医生——这没什么大不了的。

我在这个低预算妇科主题版的《迷宫传奇》^①中扮演的

---

① 《迷宫传奇》又称《水晶迷宫》，是20世纪90年代在英国电视台播放的一个备受欢迎的游戏闯关类节目。——译者注

角色是评估学生做阴道检查的能力。躺在床上的是一大块被肢解的、从肚脐到大腿的人体模型。那就像魔术师在玩"把女士锯成两半"的魔术时出现重大失误后的产物。我有一张清单，上面列着学生们必须要做的20个步骤，我像个工厂监工一样，在写字板上勾选已完成的步骤。倒霉的学生们要把这个假人当作真正的病人来对待，所以在他们需要获得的15个钩中，包括必须自我介绍，解释他们想做什么，征得病人的同意，用酒精给手消毒，然后戴上手套。

我只判了一个学生不及格，他错过了所有预备阶段的步骤，而且潇洒地走进房间，一声不吭地把手塞了进去。没戴手套。

另一个学生对假人说："如果不舒服就告诉我，先生。"我差点笑出声来。我把这归因于他太紧张而不是蠢笨，因为他立即道歉了大约30次，并问我他是否挂科了。他没有挂科，因为没有一个确认病人性别的方框需要勾选。

测试完大约50个学生，喝了几升咖啡，吃掉一盘蛋奶酥后，我和凯文坐到了酒吧里。

凯文是我上大学时结交的一个朋友，他上星期给我发短信，说他已递交辞呈，打算在年底辞去内科主治医生的工作，去追随他的初心——表演。我的反应就像那条短信是说他预约好在脸上文一个巨大的蜘蛛网。我和他见面，想借机劝阻他。"在圣诞节前叙叙旧太好了！"我回答——暗含的意思是："不！不要走！工作先于幸福，记住……"

他到我正在为学生做测试的医院外来和我碰面，但我们俩都不太熟悉那片区域。《孤独星球》还没有发布一套"指南"，告诉我们大多数国家医疗服务体系的医院大致都在什么鬼地方，所以我们就钻进了我们看到的第一家酒吧，离旋转门（医院）100码①远。这是我们犯的第一个错误：这是克雷兄弟②看到都要扭头就走的那种酒吧，因为它看起来"有点太刺眼了"。他们对圣诞季做了最敷衍了事的迎接工作：半罐雪花喷雾喷涂在几扇没有钉木板的窗户上，一些源自加冕日的褪色的彩带挂在酒吧顶部，沙沙作响。

---

① 英制中的长度单位。1码约为0.91米。——编者注
② 20世纪五六十年代英国伦敦东区最臭名昭著的黑帮头目。——译者注

凯文对鼓舞士气的讲话或关于他做出的重大决定的优缺点（愚蠢，但是勇敢，我想是这样的）的讨论完全不感兴趣，所以我们把注意力集中到更重要的事情上——喝醉。[①]

"你们有什么样的白葡萄酒？"我问，尽量让自己的声音保持平稳，以免被误认为是警察。酒吧女招待用她剩下的手指指着冰箱里的一小排塑料瓶装着的霞多丽葡萄酒，看着我，好像我是玛格丽特公主，想要一杯白兰地亚历山大。看来也只能因陋就简了，所以我紧张地谢了她，拿起我的萨森[②]庄园葡萄酒和凯文的一品脱淡啤酒，然后把它们送到凯文找到的桌子上。我坐了下来，但玻璃杯放到又黏又湿的桌面上时，发出了令人不安的吧唧声。

几大口温热的"电池酸液"下肚，我开始为他的决定干杯。我提出，在他的第一次奥斯卡获奖感言中，希望

---

① 这在当时是不可想象的，但仅仅两年后，我就离开了这个行业，甚至就算克里斯·海姆斯沃斯（漫威电影《雷神》的主演——编者注）来求我，都无法说服我改变主意。

② 英国的酿造商品牌。——译者注

他能提一下我的名字。话说到一半，一个兄弟走了过来，把一品脱淡啤酒放在我们桌上。他解释说，他刚刚请客喝酒，但他那喝啤酒的同伴突然有事得赶回家。他问我们要不要这一品脱淡啤酒，因为他不喝这种东西。让我们好好看看这位神秘的恩人——他不是沃巴克斯爸爸①。他的外表和气味令他看起来就像刚被挖掘出来一样，他的时尚灵感似乎来自《垃圾堆的斯蒂格》②中慈善商店的废品堆：左右脚穿的是不一样的鞋子，定制的雨衣上面的污垢多到足以让它在系列电视剧《犯罪现场调查》中拥有一席之地。他看到我们正在考虑如何回答，于是热情地补充道："别担心，它很干净！"这显然加重了我们的担忧。

凯文权衡了一下，感激地接受了他的免费啤酒。我们的夜晚继续。我面向酒吧里面坐着，目瞪口呆地看着——十

---

① 漫画《小孤儿安妮》中的虚构人物。在该作品中，他是一个大富翁。——译者注
② 一部由克莱夫·金创作的儿童小说，1963年在英国首次出版。小说中的斯蒂格是一个穴居人，他用垃圾来搭建自己的巢穴。——译者注

分钟后，我们的朋友摇摇晃晃地走向另一张桌子，手里又挥舞着一品脱淡啤酒。我马上把这个场面指给凯文看。这家伙在玩什么把戏？考虑到他的"地狱大衣"散发出的有毒气体，他的伙伴不能忍受和他相伴超过一分钟也是可以理解的，但另一个朋友肯定不会点了酒之后也一点都不喝就离开吧？我们是恰好碰到《秘密百万富翁》真人秀在拍摄一个片段吗？

凯文把他的座位转了过来，这样我们俩就都能看到这家伙在做什么。作为预防措施，他把喝了一半的啤酒放到一边。那家伙慢吞吞地走到吧台，买了两品脱淡啤酒。他把啤酒拿到自己的桌子上，把一品脱酒喝了四分之一，接着又把另一品脱酒喝了四分之一。接着，他把两个杯子都放到地板上，环顾四周，然后弯下腰，好像在系鞋带，然后把一个杯子放回桌上，但杯子满了。

这不是那种你特别想被发现正盯着某人看的酒吧，但我们巧妙地调整了座位的位置，从而获得了更好的视野。回想起来，无知绝对是种幸福。他摆弄的不是他的鞋子，而是他的裤腿，当他提起裤腿时，露出了一个导尿管腿袋①。他刚刚是在——真他妈的恐怖至极——打开腿袋上的阀门，让腿袋里面的东西流进啤酒杯，创造世界上最奇怪的香蒂酒。

我的反应比凯文更冷静——这并不奇怪，因为片刻之前他才迅速喝掉了半杯免费特调尿液啤酒，就像帕里斯·希尔顿喝库克香槟一样。我很好奇这家伙为什么要这么做，以及饮用流浪汉的尿液是否会患上传染性疾病或者某种寄生虫。遗憾的是，凯文的反应没有被记录下来：他像吃了甲基苯丙胺②的走鹃一样急速冲进厕所，并强迫自己清洗肠胃。他的呕吐反射并不需要太多的刺激手段。

看来下次我跟H说我要跟凯文赴小便之约③的时候，得说得更明确些了。

---

① 如果你使用导尿管，一个谨慎的收集尿液的方法是在你的腿上绑一个厚塑料袋。在袋子的底部有一个阀门（很像一个酒盒），用来把里面的东西倒进厕所。

② 甲基苯丙胺是冰毒的学名。——译者注

③ 原文"on the piss with sb"是一则英国俚语，直译就是和某人一起赴小便之约，意思是约某人出去喝（大量的）酒。——译者注

2008年12月17日　星期三

　　我真倒霉，居然在妇科"神秘圣诞老人"游戏中抽到了里本斯先生。被迫花十块钱在一个鄙视我生活方方面面——从我的笔迹到我手术时打的结——的人身上是十分恼人的。对于他对我的鄙视，完全合理的结果是我也鄙视他。我可以给他送一些令人讨厌的东西，但他只会马上扔掉，这根本算不上胜利。

　　H大概是被四处亮闪闪的光片晃晕了，建议我买些温馨体贴的东西，试着和里本斯先生建立起友谊的桥梁。我说，我唯一想建造的桥梁是以混凝土包裹里本斯的尸体作为地基的桥梁。我想要买点特别能激怒他并让他忍不住当众崩溃的东西。"那好吧。给他买只豚鼠。"①

---

①　我给他买了一套檀香味的定型发蜡和发油。他是个秃头。

2008年12月22日　星期一

几个儿科护士跑来跑去，招募志愿者充当一两个小时的圣诞老人，在他们为门诊病人搭建的洞穴里工作。我很惊讶居然有人问我这个问题——显然我太年轻、太苗条了，不适合扮演圣诞老人。我宁愿在齐柏林飞艇上当个火烧[1]主厨，所以我开始找理由婉拒："但是……我是犹太人！"如果犹太人的身份让我不得不在圣诞节值更多的班，那么它也应该能让我免受眼前这类事的打扰。

"孩子们不会知道的！"护士说，然后停顿了一下，"我想你不打算给他们展示你的小弟弟吧？[2]"

---

① 一种烹饪方法，具体做法是将酒（白兰地等）浇在食物（如牛排或薄煎饼）上，点燃之后上桌。——译者注
② 犹太男孩需要施行割礼，也就是做包皮环切手术。——译者注

2008年12月23日　星期二

"你做爱的频率是多少？[①]"我向不孕不育门诊的这对夫妇问道。

"大约一星期一次，"丈夫回答，"本来可以更多，但我上夜班，我下面的老邻居还出了些问题。"

我一直很欣赏病人在提到自己的身体及其功能时突然获得的文字游戏天赋。这绝对是一个新发明。不是毫无新意的约翰·托马斯[②]这种恶心的初级名字梗，也不会令人有听到一个成年男性说"前基部"[③]时的羞耻感。

[①]　这不是一个莫名其妙的问题。有些人似乎认为每月一次就可以了。但理想的答案是在女性排卵期内每天或者每两天一次。

[②]　在英式英语中，约翰·托马斯（John Thomas）是男性阴茎的一种诙谐说法。——译者注

[③]　在英式英语中，前基部（front bottom）可指女性生殖器。——译者注

作为专业人士，我也不会退缩。

"嗯，你不必担心你的……邻居。"我说道，我祈祷一本同义词典从天而降，这样我们就可以重新开始说英语了。"倒班工作会打乱身体的自然节奏，导致持续勃起困难。"

原来他说的真的是他楼下的邻居。那个邻居家里白天施工，噪音很大，所以他们和他的父母住在一起，睡在沙发上，这限制了他们创造浪漫的机会。

2008年12月25日　星期四

在医院度过的第五个圣诞节，我觉得我们进入了诺里斯·麦克沃特①的领地。H和家人在一起——甚至在我的圣诞轮值表公布之前就计划好了。

按照传统，奥黑尔先生在产房值班，在午餐时间穿着便服来切火鸡。对他来说，这可能是一件旧衣服，但对我来说，这是我接受爵士头衔时才会有的打扮。他在工作人员休息室里举行了盛大的仪式，坚持让手术助理护士站在他对面，按照他的需要把餐具逐一递给他（"请拿餐叉，姐妹"）。这很有趣，也很甜蜜，带来了一种非常被人需

___

① 一位右翼活动家，他和他的双胞胎兄弟罗斯反对核裁军、维护工人权利和种族平等等运动。此外，诺里斯和罗斯两兄弟还出版了《吉尼斯世界纪录大全》。——译者注

要的家外之家的氛围。

"看，"我对卡伦（一个住院医生，当时是她第一次在值班中度过圣诞节）说，"在这里度过圣诞节还是挺有趣的——我们就像一个工作家庭！"她不为所动，认为和自己的家人在一起才能叫家庭，并问我是否做过斯德哥尔摩综合征的血液测试。

切火鸡仪式成功而短暂地让主任医生和其他人之间通常不可逾越的鸿沟消失了——在某种程度上。我们不会给对方发短信、讲笑话或者编辫子。是的，这是一个充满善意的季节，但也有界限：我们仍然叫他"奥黑尔先生"——叫他"格里"就像叫女王"利兹"一样。在几分钟的切火鸡仪式和半强迫的聊天之后，他把我拉到一旁去浏览产房的布告。有个开了七指的病人要做臀位阴道分娩^①手术。

"你处理得了吗？"他问。我条件反射式地说可以。

---

① 绝大多数的臀位胎儿是通过剖宫产术出生的，剖宫产术通常被认为是最安全的胎儿娩出方法。若病人没有其他危险因素，并且产房有经验丰富的助产士和产科工作者，臀位阴道分娩应始终作为一个选项。在少数臀位阴道分娩中，胎儿的身体会出来，但头部会被卡住，这时就需要用产钳来非常巧妙地拉出头部。

他点点头，大步离开，回家去了。我心里一点底都没有。我以前只做过一次臀位阴道分娩手术，那是一次不需要产钳的简单分娩手术。如果我被叫去做臀位后出头产钳手术，那将是我第一次在无人照看的情况下做这个类型的手术。

我的思绪直奔最坏的情况，然后推演其发展。对那个家庭来说，圣诞节将成为日历上他们永远害怕面对的一天——他们听到的每一首圣诞颂歌，看到的每一部矫情的节日电影，以及吃到的每一个油腻的肉馅饼，都提醒着他们这样一件事：曾经有一个主治医生因为吹嘘自己的能力，没有老实承认自己经验不够丰富……

如果不是今天，我可能会用不同的方式回答奥黑尔先生。我甚至不被允许直呼他的名字——如果我是那个在圣诞节把他从家人身边带走的人，这事就会像精液蛋奶酥一样流传下去。当我申请主任医生的工作，有人找他询问意见的时候，他就会想到这一点。"凯——我记得那家伙，他连臀位阴道分娩手术都做不了。"他想到的不是我熬夜的一千天，也不是我独自处理的一千次紧急情况，而是有一次我承认自己力不从心并寻求了帮助。

我躲在厕所里，用手机查看如何用产钳完成后出头的分娩手术——这不是我第一次在厕所隔间里拿着手机找视频，但今天这样的情形还是第一次。不出所料，YouTube（谷歌旗下的视频网站）上没有这样的东西，但我找到了一个有用的PPT（演示文稿）——它比较了技术，但可作为临时抱佛脚的医学上的《约克笔记》^①派上用场。

我觉得准备工作更充分了一点……但这还不够。我花了一个小时看分诊的病人，感觉自己要把过去五年吃的东西都吐出来了。助产士主管给了我一个合理的警告：胎儿臀位的病人将在半小时后开始分娩。现在一切都太真实了。我花了几分钟痛苦地权衡每种情况的恐怖程度，然后彻底认输了，给奥黑尔先生打了电话。当他的手机响起时，我非常清楚，如果我一开始就告诉他，他就不会像现

① 英语文学学习资料，在全球大约100个国家销售。——译者注

在这么生气，因为我已经让他直接回家，他的餐叉肯定已经放在第一个猪包毯上了。

我正结结巴巴地道歉，奥黑尔先生让我安静下来，告诉我他就在楼下他的办公室里。我真以为他会留着一个还没出生的臀位胎儿回家吗？我不知道是该感到宽慰还是被侮辱，但宽慰的感觉略占了上风。

这位妈妈开始分娩时，我和奥黑尔先生坐在护士站，等待助产士叫我们帮忙的电话或者婴儿的哭声。幸运的是，我们等来的是后者，尽管这确实意味着我不需要在一开始就给奥黑尔先生打电话。我很抱歉浪费了他的时间，但他说他宁愿因为一些最后顺利得到好结果的事情而被打一千次电话，也不愿因为错过一个电话而使事情出错。

"我做这份工作已经三十年了，但有时还是会感到害怕。"他吐露道。这是我第一次听到主任医生说这样的话。从产房定海神针一般的人那里听到这句话，我感到安慰。也许我们并没有那么不同（他的那辆阿斯顿·马丁除外）。我尊重他表现出的脆弱，我认为当时对我们俩来说都是重要的时刻。

他站起来，准备离开。

"圣诞快乐，亚当。"

我顿了一下。

"圣诞快乐，格里。"

他看着我——好像我刚宣布要和家里的宠物上床，然后走开了。嘻！

2008年12月28日　星期日

正常的规矩在医院似乎都不适用。在医院，着装不同，食物不同，语言也不同，而且让英国人难堪的是，排队似乎已经过时了。看着别人被轮椅推走，而你要等候更长时间，你肯定很沮丧，但事情就是这样的。

我为病人对着林尼做完了一整套"我是第一个来的"流程感到遗憾。林尼是一个像威尔士梗犬一样的助产士主管，谁来教她做事都不好使。

"哦，实在对不住，女士，"林尼说，"但我觉得你把产房和熟食柜台搞混了。"

2008年12月31日　星期三

昨晚我值夜班。我打电话给住院医生，看看他是不是被淹没在急诊室的病人堆里了。只剩一个病人了，所以我主动提出给她做检查，好把待诊人数清零。他告诉我："只是一个出现流血的状况，怀孕6星期的孕妇。"

我一挂断电话，就开始为自己没有纠正他而懊恼——没有人可以被说成"只是"什么。不管这个病人怀孕几星期，和其他怀孕的病人比起来也不应该在任何方面被轻慢对待。我正准备给他回电话，一个病人拍了拍我的胳膊。

"这也适用于你。"嗯?！她指着墙上一个"禁止使用手机"的告示，它因脱胶而卷起的边缘看起来和我一样疲惫，并出现了劳损，它还提示我们手机会干扰敏感的医疗设备。从她那极度厌恶的表情来看，你会以为我胳膊上缠着止血带，手里拿着装满海洛因的注射器。（不过我不排除在当班结束时出现这种情况的可能。）

我想告诉她真相，手机之类的玩意儿并不会干扰医疗设备，我们贴上这样的标识只是为了让病人不要整天挤到这儿坐着，然后让我们其他人因为他们愚蠢的谈话而发疯。但这样做会泄露秘密，也意味着这场对话将持续得比我的神经所能承受的时间长得多，所以我只好装出一副非常温顺的样子，咕哝了一句声音小到听不清的道歉，然后前往急诊室。

病人EN肯定不"只是"一个怀孕6星期的孕妇。我可以从她和她丈夫泪痕斑驳的脸庞和红肿的眼睛看出他们一直在哭。他们之所以停下来，只是因为眼泪和精力都耗尽了。他们才三十出头，这是他们的第四轮体外受精，也是他们走得最远的一次。我想说，他们是幸运的，在一个国家医疗服务体系提供三轮体外受精的地区——往南走几英里，那里就只提供一次，不成功就没机会了。但三次都失败了，那就意味着三倍的痛苦。他们把为买房子而攒下的每一分钱都投入了第四轮。他们所有的筹码——经济上的和情感上的——都放在同一个方格里，而我这个赌台的主持人来了，要把他们扫地出局。

我对她进行了扫描，告诉他们子宫是空的，这让人很难过，但出血确实意味着妊娠终止。

他们的绝望令人心碎。"但一星期前我们的扫描结果是正常的。你能再看一眼吗？也许你刚刚没看清楚？"我知道我没有看漏任何东西，但病人就在那里，乞求最后的一线希望。她试图对上我的眼神，她的丈夫则一动不动地站在她旁边，不敢开口，害怕这不堪设想的事情在开口后变成现实。我重新扫描，又看了一遍，随后递给她一些纸巾来清理超声波凝胶，然后摇了摇头。

在悲伤中，她寻找着答案和解释。她问是否有可能是她上星期做的扫描造成的，我知道她想让我回答是的，她需要一个原因，这样如果有下次，他们就可以吸取教训，做得更好一些。但我无法给她答案。

我谈了接下来的步骤。"没有理由，你们不能再试一次了。"这句话我已经说过很多次了，以至这次我也惯性地脱口而出。可是是有理由的，不是吗？除非他们中了彩票。我们生活在一个充斥着彩票，充斥着正确的时间、正确的地点，充斥着各种纯粹的运气的世界，但他们的运气可能已经用光了。

蓝色窗帘的另一边突然传来一阵喧闹声——人群嘈杂，一片混乱，那是因为有人把电视音量调大了。我先于病人意识到即将发生的事情，并让自己坚强起来。五！电视里发出尖叫。四！急诊室的每个人都加入进来。更大声了。三！二！一！欢呼，呐喊，笑语盈盈，跺脚，友谊地久天长。

"对不起。"我说。关于噪音，关于他们的孩子，关于体外受精，关于其他人的幸福，"我很抱歉"。

第 六 个 圣 诞 节

SIXTH CHRISTMAS

保安制止了他们的第58次打斗。

祝大家圣诞快乐，晚安！

"我出生的时候爸爸在吗，妈妈？"

"不，他不在，你是由亚当接生的。妈妈生你的时候，爸爸外出参加圣诞聚会了。"

"所以他没能及时赶到医院？"

"呃，亲爱的，他及时赶到了医院，但他醉得太厉害了，当医生把产钳放在你头上的时候，他掏出了自己的小弟弟，他们只好叫保安把他赶了出去。"

2009年12月16日　星期三

　　我能在《圣诞颂歌》开始前及时赶到剧院，H真的感到很惊讶，可能是因为轮班过多，我错过了今年我们看过的几乎所有戏剧的前半部分。不幸的是，当我们在正厅前排就座后，我马上就睡着了。在连续忙活了八个产房班次之后，我的大脑明确宣布进入紧急状态，然后就断电了。

　　我打盹的时候，H轻推我把我弄醒过几次，后来我左边的那位先生接手了这项工作。我可能并不是自己想象中的那种安静的睡眠者。感觉到周围其他购票观众的杀意后，我们只好在幕间休息时回家了，以免造成更多的打扰。尽管如此，这也是一次很好的改变，因为错过的是下半场的演出。

2009年12月19日　星期六

这份工作确实丰富了我的简历中的"其他技能"部分——今天，"治安法官"加入了这个技能清单（清单中还包括"社工"和"清洁工"）。我在非公开会议中会见了助产士乔吉特和普鲁伊特教授（一位来自澳大利亚的很好的主任医生；在产房中看到他的频率接近于看到哈雷彗星的频率），讨论病人DH的情况。

"被告"过去3星期一直在产前病房里，有重型前置胎盘①和持续的阴道少量出血等症状。我们祈祷她在接下来的

---

① 前置胎盘的意思是胎盘位置过低，这会对人体造成危害。重型前置胎盘是其中最严重的一种，胎盘就在子宫的颈部，胎儿必须通过紧急出口娩出。由于前置胎盘存在引发大出血的风险，所以反复出现前置胎盘症状的病人通常为了保证自身安全而待在病房里，希望能度过一段无聊但平静的时光，直到胎儿已经发育得足够接受分娩手术。

5星期里不会出现什么突发险情，等到5星期后孩子已经要瓜熟蒂落，我们就可以在可控的情况下进行剖宫产了。产房里准备了四个单位的交叉配血供她随时使用，以防意外发生后需要紧急接生。她就像坐在一间牢房里一样，角落里还有一颗未爆炸的地雷。

"原告"（病人TW）在我巡查病房时告诉我，"被告"在病床上进行"非法买卖圣诞卡"，画"粗劣的卡片"并卖给其他住院的病人，以帮助"某个未具名的慈善机构"。"这不是国家医疗服务体系允许的，对吧？"她问道。

我接了一句"然后呢……"，这句话就如一坨屎掉进了她的茶杯里。在没有正式的监察专员制度的情况下，我承诺会和我的主任医生谈谈这件事（不过我猜病人更希望我因为不服从命令而被立即解雇）。

可以说，这些卡片的质量确实不是特别高，就像孩子从学校带回家的东西，它们会被你悄悄地扔进垃圾箱，而不是展示在斯麦格冰箱门上。

然而，我们的"原告"提出的这家慈善机构没有名字的说法是错误的：它的名字在卡片的背面。另外，"被告"把她筹集的所有钱（30英镑）装在一个信封里，准备在她出院后捐出。她是否真会这么做，我们不能保证，但如果将她的行为视为诈骗事件，我不认为它会让鲁波尔①太头疼。

我们的裁决是一致的：应宣告"被告"的所有罪名不成立。她在圣诞节期间被关在医院里，她可能担心子宫里的定时炸弹，甚至无聊到疯掉，但她做了一件让自己忙起来的好事。

话题转到了其他有进取心的住院病人身上。教授告诉我们，当他还是一名实习医生时，他们发现一个产前病房的病人在她的小隔间里给住院的男性病人口交——显然，价格相当有竞争力。

---

① 英国电视剧《法庭上的鲁波尔》里的人物。他在剧中是一位上了年纪的伦敦律师，为形形色色的客户辩护，而这些客户通常都处于劣势。——译者注

"你是怎么处理的？"乔吉特和我异口同声地问道。

"我想我们只是给了她一间侧屋。"他看到我们的嘴张得像垃圾车的后厢，接着说，"当然，这是在澳大利亚发生的事。"这好像就能说得通了。

2009年12月20日　星期日

外出和老同学们赴一年一度的圣诞聚饮之约。好吧，对他们来说是一年一度。

我不值班的事实并没有让人感到惊讶，但就像我们在一部恐怖电影里，而我五年前已经死于一场火灾。①每个人见到我都格外高兴。鉴于我并不欠他们钱，所以也许是这么多年后他们终于对我那些恶心的逸事感兴趣了？

哦，不，不是那样的。现在我们都快30岁了，他们只

---

① 在大学毕业典礼上，他们从未提及医学将对你的社交生活产生巨大影响。这不仅仅是因为轮值而错过一些东西。更重要的是，如果下午5点有人在产房失血过多，你就得留下来解决问题。没有人可以接替你，所以你最终会迟到几个小时——这意味着你经常在最后一分钟给别人发短信取消喝酒或吃饭的约定。当你第三次取消同一个人的约会时，你就变成了一个"古怪的朋友"，不再被邀请出去。你的社交圈在你眼前收缩，就像一个悲惨的魔术。

关心我的职业资格——每个人都开始生育了，对他们来说，我就是一个单人产前门诊。可以说，他们是排着队问我问题的。"在电缆下行走真的会导致脐带缠住婴儿的脖子吗？"① "是否可以用纯素食替代母乳喂养？"②

杰克问我对5D扫描的看法，他和他的妻子正在"考虑私下做一次"，就是不知道值不值。通常情况下，如果你要问一些医学上的东西是否"物有所值"，答案总是"不值得"——除非这是一种开创性的手术，比如重新接上一颗被切断的头，但没人想听我用插科打诨的方式回避棘手的问题。相反，我说我对这些问题的了解有限，无法回答，但我很想知道私营诊所如何提供另外两个维度的扫描。

---

① 什么鬼？
② 同样，什么鬼？母乳喂养确实是世界上最自然的事情吧？并且，除了乳头皲裂之外，哺乳动物不会受到其他伤害。此外，婴儿在子宫内唯一的营养来源是血液——如果想让婴儿成为一名特别严格的素食主义者，这可不是个合格的开端。

2009年12月21日　星期一

我满怀期待地看着传呼机，就像在家等待一个包裹但又着急出门，满怀期待地看着前门一样。静悄悄。偏偏是今天，什么都没有。当然，产房可以像往常一样，在晚上8点给我来一场耗时的急症，好让我有理由错过可怕的圣诞舞会。

"舞会"（Ball）这个词的含义正不断延伸着，而"纽约大都会艺术博物馆慈善舞会"（Met Gala）一词则不然。一年一度的圣多米尼克传统节日在当地一家二星级酒店油腻腻、没有窗户的地下室宴会厅举行。H拒绝护送我，理由是"绝对没门"，所以我将独自前往，或者，如果星星排成一排[①]（假设它们没有在忙着把东方三王指向伯利

[①]　原文是"if the stars align"，直译为"如果星星排成一排"，引申义为由于非常凑巧、非常幸运的原因，某事得以发生。——译者注

恒①），我被工作绊住。

但是，唉，我的祈祷没有得到回应——你可能认为上帝会接受一个极度渴望医疗危机的人，因为这太新奇，大多数人都在祈求相反的结果。我拖着沉重的脚步走进更衣室，换上我那套拼凑而成的"漂亮衣服"：一件越来越紧身但暂时还称不上不得体的黑色西装，这是我还在医学院时买的，不知道为什么竟然存留至今；还有一件白衬衫，如果我不脱下夹克，上面的污渍是看不见的；再加上不讨喜的部分——我最信任的圣诞领带，它的边缘已经破烂不堪，可怜的鲁道夫看起来需要在钱普尼斯酒店待上几星期才缓得过来。我试探性地按了一下按钮，想着它应该早就没电了。我的电视遥控器每隔一星期就要换一次电池，但这玩意儿好像已经用了五年了。它确实进入了死亡阶段——它发出的声音不能让人立刻识别出是《铃儿响叮当》，那

---

① 出自《圣经》。据说在耶稣出生后，东方三王拜访了他，带着黄金、乳香和没药作为礼物。星星给他们引路，让他们找到了耶稣的所在。——译者注

更像是一种低沉、缓慢、嗡鸣的喇叭声，就像被埋在海里的大号。我伸手拿了一个缝合刀刀片，给这家伙施行安乐死，让它脱离苦海。但我没有这样痛快的了断：逃脱不了的娱乐活动还在等着我。

从所有客观标准来看，舞会都是很糟糕的。我们受到了欢迎——我这样说多少有些随便，因为尽管侍者都戴着精灵帽，但他们的面部表情通常是为根管手术保留的。他们端着塑料香槟杯，里面装着温热的劣等卡瓦酒。

晚餐时，我收到的开胃菜可能是来自前世的马苏里拉奶酪，环绕着它的是又蔫又老的超市售卖的沙拉叶，它们在盘子里就像衰竭的肝脏一样。因为我没能预定素食主菜，所以我从距离我最近的精灵那里得到了一句"我看看还有什么办法"，这就像前任跟我说"你看起来很棒"一样可信。最后给我的还是开胃菜。接下来是一种巧克力浆甜点——实在太像粪便了，我扫视了整个房间，寻找一只能对此负责的狗。

就着咖啡色的液体，我们聆听了医疗主任的三十分钟演讲，这只比他上个月分享的关于老年人复方用药的教学课程略逊一筹。最后是凯利舞会[①]（为什么？如果我们离苏格兰再远一点，我们就在海里了）。

尽管我一开始表现得有些刻薄，但实际上这是一个令人愉快的夜晚，与它各个部分的总和完全不协调。我可以和医生、护士、助产士这些同事交谈——不仅仅是传递医学信息。他们今晚都很不一样，不只是身着晚礼服的原因。他们是正常自我的复本，只是更生动，更有趣，更有人情味。一旦我们穿上手术服，显然就进入角色扮演了。我意识到，我以前并没有把他们当成真正的人——有生活、有爱好、有幽默感的人，并为我假设自己是唯一有个性的人（尽管不够好）而感到难过。让我尤其感到沮丧的正是这场游戏中的其他玩家——病人和政客，他们忘记了我们也

[①]　凯利舞会是一种源于苏格兰和爱尔兰的社交聚会。在现代的这种聚会中，人们一般会跳舞，演奏盖尔语的民族音乐。在苏格兰，大致有三种不同风格的传统舞蹈：凯利舞、乡村舞和高地舞。凯利舞是传统舞蹈中最容易入门的。其基本舞步不多，比较容易掌握，而且大多数情况下是人们在室内环绕着，有节拍地跳的集体舞。——译者注

是人。

　　"我们应该多出来玩。"我对一位妇科护士说，然后我们碰杯。我是认真的，但我们都知道实情：我们没有时间。工作会确保实现这一点。

2009年12月23日　星期三

　　每年这个时候，医院就成了代班医生中心。产房里有这么多新面孔，这有点像俄罗斯轮盘赌，枪管顶在病人头部湿冷的太阳穴上。他们会不会把自己的工作时间增加五年，以在圣诞节期间获得尽可能多的收入，而我却不得不做两个人的工作，以保障整层满员的母亲和孩子的生命安全？或者我会找一个经验丰富得夸张的妇科主任医生，^①然后在值班时间到咖啡室喝茶或看垃圾杂志。杂志里面的文章标题是《杀戮之旅：圣诞老人谋杀了我的丈夫！》和

---

① 这实际上并不如你想象中那么不寻常，这要归功于英国的医疗系统对外国受训医生的待遇，以及他们为了在这里找到一份实质性的工作而必须经历的无尽障碍。对于这一医疗系统，其好的一面是让人积极努力，坏的一面则是排外。

《我的女儿是人身牛头怪！》

希瑟是一个即将离开医院赶赴晚间活动的住院医生，正要把手头工作交接给一个代班医生，当她发现一个人影沿着走廊走下来时，她推了推我："这不是个好兆头。"

"怎么说？"我问。

她指着向我们大步走来，戴着代理公司挂绳的家伙。"尼龙搭扣鞋……不能打结。"

2009年12月25日　星期五

经历了忙碌的轮班、非常忙碌的轮班和世界末日般疯狂的轮班，你会很乐意和在180℃高温烘烤下变得口感酥脆的火鸡交换位置。

直到我们快结束轮班，而我见到了穿着圣诞套头衫的病人GA时，我才想起这天是什么日子，这就好像你走出电影院时天还亮着，或者你从持续30年的昏迷中苏醒过来。

"你在哪儿工作？"我问。从她的病历上看，她是个儿科护士。她告诉了我，结果我发现我上医学院的时候在她工作的地方接受过短期培训，所以我们交换了关于疯狂的"我们的父"电梯系统①的故事。

她在怀孕28星期时因腹痛入院,并由母亲陪同。我把她绑在胎儿监护仪上,给她做检查,而她妈妈出去做了一件我在4个小时前就应该做的事——打电话回家,询问每个人圣诞节过得怎样。一旦这位准外婆离开我们的视线,病人GA就凑过来,有什么阴谋似的低声耳语,好像她要告诉我她实际上并没有怀孕。

她说:"我从7月份开始就不在那里工作了。"我扬起了眉毛。"工作太忙,压力太大,太可怕了。我从那时候起就没再做护士,但我不敢告诉父母。"我完全能理解她,那是一种混合了羞愧感、挫败感和失职感的感受;你

---

① 这是一部奇异的、陈旧的、开放式的电梯,像滑雪缆车或者酒店自助早餐中的烤面包机一样在楼层之间不断移动。当电梯到达你的楼层时,你如果没有及时跳下电梯,就注定要待在上面,最终你会发现自己穿越了一个怪异的、漆黑的、可怕的屋顶空间,它似乎在线性时间之外,直到电梯继续其旅程并再次下降。在虚空中,你通常会感到有必要低声祈祷自己能平安归来:"我们的父……"或者拉丁语中的"*pater noster*"。

让那些为你的事业付出了很多的人失望了。

"离职不是我怀孕的原因，但给了我一段时间来考虑接下来要做什么……"听到熟悉的脚步声时，她竖起了耳朵。"我只是想告诉他们，我决定休完产假后不回去上班了。"

她的妈妈返回小隔间，告诉我们谁赢了大富翁，以及布赖恩在M4高速公路上遇到了可怕的交通堵塞，而我们沉默不语，就像老师刚走进来一样。疼痛已经缓解，胎心宫缩图正常，所以我送她回家了。

5个小时后，我自己开车回家。又迟到了2个小时。我浑身上下都是液体，连柏林最专业的恋物癖俱乐部都要为之疯狂。我希望用缝合材料来确保我的眼睑保持打开状态，但我的脸上仍然挂着笑容——我今天给6位健康的母亲接生了6个健康的婴儿。这份工作仍然给了我很多回报，尽管它从我那里夺走了圣诞节、社交生活、家庭生活。我在想，如果我辞职了，那我会怎么跟我的父母说。可能什么

也不会说，不然我怎么能找到不去父母家过圣诞节的固定

借口呢？参军吗？^①

————————

① 当我离开医学界时，我还真告诉了我的父母，但不是马上，而是在几星
期内。说句公道话，我和他们说话的频率不高，毕竟我不是卡戴珊。但是我没
有告诉他们我离开的原因——我不能胜任这份工作。我给人的印象是，我离开
之后过得很好，并利用这种环境的变化作为催化剂，最终实现了我成为一名作
家的梦想。他们的反应就好像我刚刚宣布要搬到半人马座阿尔法星，用太空灰
尘织围巾一样。

直到七年后，我的第一本书出版时，他们才发现我辞职的真正原因。

2009年12月30日　星期三

"你叫什么名字?"我问陪着妈妈来产前门诊的这个10岁的孩子。

"科伊尔。"他说。

"这是个好名字。"我回答道,我与儿童沟通的能力仍然很强。接下来我会问他最喜欢的ABBA乐队的成员是谁,或者他是否收到了一个旋转陀螺作为圣诞礼物。

他的妈妈告诉房间里的人:"因为我是在放进避孕环①后怀上的他。"她的声音大到能给塞伦盖蒂的大象助产。

---

① 避孕环的英文是coil,和Coyle(科伊尔)的发音相同。——译者注

2009年12月31日　星期四

　　我不是强制性娱乐的狂热粉丝，在那些少有的轮值表允许我参加的聚会上，我也总是找个借口早点离开。在跨年夜的午夜之前逃跑并不是很容易的，但是病人CW用一个相当有说服力的理由实现了这一点，那就是分娩。她即将迎来一对双胞胎，并将于下星期进行剖宫产，但她的孩子似乎迫不及待想在跨年夜的最后一杯香槟被喝光之前露面。

　　她在大口喘气，但她才开了两三指，所以我解释说不用太急，我们会在今晚的某个时候做剖宫产。

　　"所以可能是今晚的任何时候？"她丈夫问。

　　我说，这取决于产房可能发生的其他情况，并且要儿科团队和麻醉师确保安全和方便才行，不过在接生的时候，产房并不是特别忙。他偷偷看了看我——表情好像要在卡姆登镇的地铁站外面卖给我一些大麻，然后问我孩子是否可以在午夜出生。因为还需要几个小时孩子才能生出来，所以我告诉他这也并非不可能。他又露出一副有所图谋的样子——他是打算吃掉这些小孩吗？

"所以……"他说，"从技术上讲，你可以让一个孩子在午夜之前出生，另一个在午夜之后出生，这样他们就可以出生在不同的年份？"

他征询意见似的看着他的妻子，她同意这是有史以来最好的主意。正因为这是有史以来最好的主意，我怎么能不参与呢？尽管做这份差事的回报有限，但我无法对这样一个令人兴奋的前景无动于衷：作为一名凌驾于公认的时间规律之上的产科医生，我将登上当地报纸的头版头条。这可能是我最接近成名的一次机会：我永远不会上《老大哥》[1]——

---

[1] 《老大哥》是一档诞生于荷兰的真人秀节目。节目中一群陌生人住进一间布满了摄像头及麦克风的屋子，成为室友。他们在一星期7天，一天24小时内的所有举动都被记录下来，经过剪辑处理之后在电视上播出。选手们在比赛时间内将进行提名，竞赛，投票，淘汰。最终留下来的人将赢得大奖。——译者注

如果我想和一群心理年龄只有12岁的人住在一个充满汗臭味的宿舍里，我早就成为童子军团长了。

另外，为什么不呢？两个婴儿的胎心宫缩图是完全正常的，病人CW的宫缩还不是特别显著，所以我认为我的行为不会对病人、婴儿和我的医学总会注册资格造成任何负面影响。我的行为对应的结果只是世界历史上一则最好的奇闻逸事，以及一对余生都要不断解释他们为什么出生在不同年份的双胞胎。

我与麻醉师和手术室的工作人员联系，让病人CW在晚上11点半进入手术室，以留出足够的时间做脊髓麻醉，之后我就可以在适当的时候接生孩子。在时间上有足够的缓冲区域，这让我可以进行紧急剖宫产，在1分钟内把一个婴儿"赶"出来，也可以选择15分钟的"观光路线"，烧灼每一根细小的血管，所以我几乎可以说是算无遗策。

游戏开始。我已经在私下里为媒体撰写我的引文，并决定我应该以怎样的形象站在摄影师面前。我上相吗？我应该让他们抹掉我的黑眼圈吗？还是保留它们，以展现

"疲惫但勇敢的医生"的真实风貌？

然而，我忘记了"产房里的事情是无法计划的"——他们应该把这句话翻译成拉丁文，让它成为皇家妇产科学院的校训，并把它刻在每一个产房的门口。你不能确保在你当班的时候有时间去大便或吃三明治，所以我不知道为什么我认为这个计划有望成功。不巧的是，产后病房有病人出现了产后出血，4号房需要使用胎头吸引器帮助分娩，9号房病人的男友出现了排尿性晕厥①。我接生那两个小东西的时候已经是凌晨1点半了。

也许明年吧——我当然不需要一个千里眼来告诉我那时我真的在上班。②

---

① 小便时晕倒在男性中非常常见，通常是不需要担心的。很多男人在厕所的地板上醒来时会发现，额头上有一个与阿米蒂奇·尚克斯卫浴产品的形状一致的凹痕。他们想知道为什么他们的老二露在外面，但钱包和车钥匙还在。另见性交性头痛：性高潮时出现严重的头痛，使患者认为自己得了动脉瘤。
② 我没有。接下来的一年让我明白了我的极限，并给予了我远远超出极限的考验。到了下一个圣诞节，我已经离开了这个行业。

最后一个圣诞节

ONE FINAL CHRISTMAS

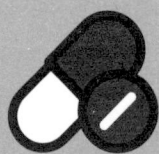

我总觉得别人家的圣诞节过得多少有点问题。我的伴侣J和我每年轮流在一个人的家里过圣诞节——一年在我家，一年在他家，但都会抱怨一切是多么荒唐。

J一家的早餐是霸克费兹①，这显然有些精神错乱。我们又不是在机场。出于某种难以理解的原因，其余的早餐是由各种各样的麦片组成的，所以他和他的兄弟姐妹（我得补充一下：他们都是成年人）可以为了同样的两个小盒子而打架。礼物被分发出去，其中一只长筒袜里装了一百个小破东西，而不是一份漂亮的、简约的、单个的礼物。袜子里的每一件东西，即使是迷你伏特加，都被复杂地包裹着，装饰着一个该死的蝴蝶结——除了橘子和苹果。当我第一次看到有人从长筒袜的趾尖处拿出来一个苹果的时

---

① 霸克费兹是一种将香槟与橙汁等比例混合而成的鸡尾酒。——译者注

候，我以为是给要小跑进来的马的，因为到了这种地步，已经没什么能让我惊讶的了。

他们围成一圈坐着，像要召唤耶稣亲自煮豆芽似的，然后他们按照从大到小的年龄顺序打开礼物，每次打开一份。即使一切顺利，这一过程也需要3个小时。午餐是在晚餐时间吃的，而且还有开胃菜。谁需要开胃菜？快把土豆给我拿来。面包酱是什么鬼东西？为什么看起来像用水浇过的阁楼隔热层？甜点得等一下了——尽管现在基本上已经是节礼日了，因为首先是16轮的智力游戏，我在过去的两星期里每天晚上都在看J煞费苦心地搜集题目。

幸运的是，今年在我家里过圣诞节，所以一切都很好，正常又恰如其分。J不知怎么搞不明白这一点，一直在抱怨切火鸡的时候怎么没人表演长号独奏，或者其他任何在他家里会进行的奇怪的活动。

我意识到圣诞节在一定程度上是创造自己的传统，所以我在我们的家里加入了一个新传统。每年我们都会给侄子侄女、外甥外甥女带去他们喜欢的礼物——同时也是他们的父母会讨厌的礼物（因为……哈哈哈哈哈），以确保我们永远是他们最喜欢的叔叔或舅舅。我们送过声音能达到喷气发动机运行时的分贝的玩具，送过会把家里搞得脏兮兮的玩具——会导致墙面需要重新粉刷或者把地毯烧成灰那种，还送过需要父母搭上上千个小时来组建的玩具。但今年我们真的超越了自己。4辆小凯斯^①货车，每辆车上载着一个8英尺高的非常可爱的泰迪熊，每个泰迪熊的体积是一般的6岁孩子的10倍。孩子们很自然地对它们一见钟情，而我的兄弟们却在绞尽脑汁地盘算着该怎么把这些巨大的丝绒突变体装进他们的房子里，更不用说他们的车里了，并开始策划让我暴毙的方案。

我的妹妹索菲昨晚在产房^②工作了一整夜，从床上爬起来时正好赶上"节庆冰激凌"——这是妈妈每年用蜜饯和朗姆酒调制的再普通不过的冰激凌。我对她当班时发生的

---

① 一家货运公司。——译者注
② 她在妇产科工作，所以我怀疑她没读过我的上一本书。

一切进行了盘问：剖宫产、吸引器助产、产后病房里缝合线裂开的病人、急诊室传来的在午夜做弥撒时晕倒的女人的消息（她说她祈祷得太努力了；毒理学家说，她喝光她那个小扁酒瓶里的酒时更努力）。我的弟弟必须赶去参加他非工作时间的全科医生会议，所以我上楼去小睡，度过了一个完全正常的下午，而且比平时去小睡的时间稍早一点，以确保我有足够的精力去看传统的，同时也是特别正常的午夜电影《沉默的羔羊》。

J跟着我上楼，在我"扑通"一声倒在床上时蹲在我旁边。他什么也没说，只是盯着我看了一会儿，他的眼睛闪闪发光，开始微笑。

"怎么了？"我说，"圣诞节中途上床睡觉是完全可以的。"

"不，说的不是这件事。不过圣诞节中途睡觉不太可以。"J说，"你还抱有怀念，是不是？"

我从床上支起身子，看着他。

"当你和索菲说话时，我看到了你的脸，"他继续说道，"你怀念圣诞节在医院工作的日子！"

我笑得有点过头了，然后说："当然不会！"

但我俩都知道我怀念。我真的，真的怀念。

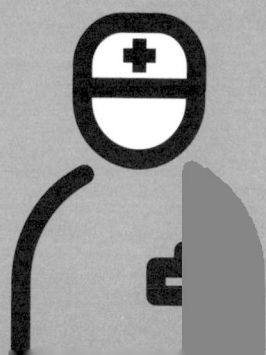

可供选择的圣诞节建议

ALTERNATIVE CHRISTMAS MESSAGE

我觉得每年这个时候都有机会开创新的传统，或者直接淘汰一个旧的，这也许是观看女王陛下盯着自动提词器念十分钟做作的陈词滥调，和试图搞活气氛的亲戚聚在一起进行令人厌恶的节礼日散步——尽管带着报复性的持续咽痛和要命的宿醉，或者吃圣诞布丁——一个黏糊糊的噩梦，圣诞布丁中的六便士是最可食用的部分。①在圣诞布丁上多浇点白兰地，我们把这粪堆似的小葡萄干一口气烧掉。

　　我的建议是找到某种方式来承认以下事实：在圣诞节，50万国家医疗服务体系的员工——从搬运工到理疗师再到药剂师——将在工作中度过这一天，而大多数这一天没有工作的员工很快就会牺牲他们的节礼日和跨年夜。这些

---

① 圣诞布丁是一种在圣诞节供应的传统布丁，通常作为圣诞晚餐的一部分。按照传统，每家每户在制作圣诞布丁时，都会将一枚六便士硬币混入其中。在自己的布丁里发现了六便士的家庭成员，来年就会收获财富和好运。

人在一线工作，但他们对大多数人来说是隐形的。与此同时，我们正在计算自己的胃口是否可以消耗更多的布里奶酪（是的，只要就着葡萄一起吃，这种奶酪基本上是一种健康食品）。

也许当我们戴着派对帽，冒险去吃半解冻的大明虾圈时，我们可以低头祈祷。不是感谢上帝——让我们诚实地说，自极为忙碌的第一个星期以来，他可能每个星期做的坏事都要比好事多，而是感谢那些让我们能坐在这里的人，他们最终会在午夜回到家，从冰箱里拣些剩菜残羹，而你早已陷入饱食碳水化合物后的昏睡中。

更好的是，让他们知道你很感激他们。让国家医疗服务体系员工过好一天比你想象中要容易，尤其是在圣诞节。给你的全科医生、你去过的门诊或你所在的病房寄一张贺卡。他们会记住你（这可能会花点时间，因为他们要见很多人），你的问候可能会把糟糕的一天变成一个他们为什么要做这份工作的提醒。

如果你有幸享有最佳健康状态并且不需要国家医疗服

务体系的服务，那么请记住，你的无敌是正在计时中的，你的好运可以通过其他方式分享。比如捐款给你所在地区的新生儿病房、临终关怀医院或医疗慈善机构①，献血，加入器官捐献登记册。

如果你没有精力或办法在这些方面提供帮助，那你仍然可以为那些因被困在工作中而错过在家度过圣诞节的人做一些事情。每年有一天，不要把根茎类蔬菜、遥控器、巧克力包装纸、小彩灯或者任何无法收回的、无生命的东西（或者，上帝保佑，有生命的东西）塞进你的内腔。只要24个小时即可，伙计们，你们可以让他们所有人立马同享圣诞节。

---

① 我是"摇篮曲基金会"的形象大使，该基金会为失去婴儿和幼童的家庭提供支持，并资助对婴儿死亡的研究。任何规模的捐赠都会对他们的重要工作产生真正的影响。

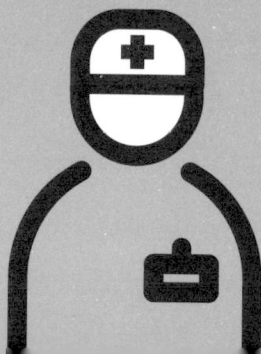

致卫生部长的一封公开信

AN OPEN LETTER TO THE SECRETARY OF STATE FOR HEALTH

1981年，哈佛大学的法学教授罗杰·费希尔曾提出一个令人大为震撼的建议：我们应该试图将美国发射原子弹所需的核按钮移植到一位志愿者的心脏之中。倘若某天我们的这位总统想要按下这个红色的核按钮，发动一场伤及无辜的战争，他就必须先找到一把尖刀，亲自动手剖开这名志愿者的胸膛……

这样的话，想必我们的这位总统将理解发动一场战争的真正意义，继而对自己这一行为的后果形成充足的认识。我们的这位总统以及他的继任者大概都不会再想要按下那个红色的核按钮了。

同理，我希望你和未来你的无数任继任者都最好来亲身体验一下一线初级医生的具体工作。千万不要再找个医院主管，跟着他在那些如太空舱一样崭新的病房里转一圈就了事。这样做是完全不够的。

请你尝试安慰一名癌症患者，想办法说服一名受严重外伤的病人接受截肢，或者接生一个死胎……我相信，不只是你，任何人如果真的了解了一线医生这个职业的真正精神内涵，就绝不会随便对他们产生任何质疑。

希望你在了解了这一切的真相后，能为他们鼓掌，并以他们为傲。更重要的是，你应在他们面前保持谦逊的心态，要由衷地感谢他们为社会做的这一切。

相信我，你对待初级医生的措施绝对不会有任何效果，我强烈建议你更换这些措施，找到更合适的措施。

致中文读者

INTRODUCTION TO CHINESE READERS

2010年，我辞去了英国国家医疗服务体系的医生这份工作。

我希望你能知道的是，英国人十分崇拜自己国家的医疗服务体系。对我们而言，这个体系代表着绝对的骄傲与快乐。你可以将我们幻想成正开着一辆20世纪40年代的老爷车上街的一家人。

这辆老爷车需要不断地加含铅的汽油，我们还得将手伸到车窗外，以便能摇车把手来启动引擎。尽管如此，这辆车依旧能行驶。

说起来，这辆老爷车已经在家里传了好几代。家里的成员从全国乃至全世界各地赶来，就是为了看它一眼（尽管这其中的绝大多数人都不曾考虑为自己也买一辆同样的老爷车，但这丝毫不妨碍他们对这辆车的崇拜之情）。

对此，你大可这样解释：市面上早就诞生了更多新型号的跑得更快更舒适的车，还因更多的新技术而产生了更省油的车。甚至，你还可以告诉所有人：每年用于维修和保养这辆车的钱，都足以让我们每年换一辆全新的车了。

不过，你永远别想说服我们。这件事与逻辑无关，甚至也与怀旧无关，这只关乎爱。

没错，是的，拥有这辆车关乎爱。

英国的国家医疗服务体系创立于1948年。

从创立至今，英国国家医疗服务体系就始终秉承着3个原则：1.必须满足全体国民的医疗需求；2.为全体国民提供免费的医疗服务；3.根据临床需求而非金额来为病人进行治疗。

英国国家医疗服务体系创立之后，全世界各国陆续涌现出了各种更为高效的国家医疗体系，但我们依旧会认为无论哪种都无法比英国国家医疗服务体系更公正。

2015年，或许是出于某种莫名其妙的原因，卫生部长决定在全国范围内发动一场破坏国家医疗服务体系，并将矛头直指一线初级医生的"战争"。

这位卫生部长公开宣布将与全国所有的初级医生重新签订一份新合同，这份新合同中有许多改变医生工作条件的相关条款，这些条款甚至将直接威胁到病人的安全。

请你知道，这件事是所有医生都无法容忍的。

由于我们政府的相关部门拒绝针对这份新合同中的条款与医生们进行协商，医生们在毫无办法的局面下，被迫选择罢工作为抗争的手段。

政府相关宣传机器立刻开始高效运转，不断地向公众释放出这样不负责任的信号：这些一线初级医生罢工，是因为他们无比贪婪，希望通过绑架国家与民众的利益来为个人以及这一群体换取高额的收入。

为什么会有这样愚蠢的谣言？

因为每个医生手上都还有一大堆难以完成的工作要继续，没有人有空闲去应对相关部门的这些伎俩，这导致大量一线初级医生无法讲出自己的故事。

基于这样的情况，许多人相信了政府宣传部门伪造的这套说辞。新合同也正是在这样的环境下最终生效了。

这一切都令我十分伤心，我想为这些医生朋友做些事情，切实地帮助他们。于是，我翻出了前些年我还在从事医生这个职业时写的这批日记。

要知道，做到这点并不容易，因为这些日记已经在某个纸箱里静静地沉睡了五年之久。

我想，倘若公众能更多地了解初级医生在日常工作中面临的种种真实情况，他们或许就会意识到卫生部长搞出的这场闹剧颇有些荒诞了吧！

朋友，当你读这些日记时，无论其中写的是有趣的内容还是庸俗的内容，无论这其中讲述了哪些病人往自己身体里塞的稀奇古怪的东西，无论我描写了多少医院管理层的冷漠……请你理解，在创作这些内容时，我又一次回想起身为医生所要面临的残酷的工作时长，以及这份工作带给我的各种机遇和变故。

我们的国家医疗服务体系的人手紧缺到了令人发指的程度，这令每个从业人员都不得不依靠自己所有的才智，才能令这个庞大的系统继续维持下去。

请相信我，当你看到这本书的最后，或许你会看到类似以下的内容："今天我要到冰岛去出诊。""今天的工作难到恐怕需要我吃掉一架直升机。"

这些日记都是我在国家医疗服务体系任职期间，在忙碌的工作之余记录下的，是身为医生时所难以承受的经历。

我不知道这本书是否能为那些身处困顿中的医生提供一丝慰藉，至少它现在摆在你的面前，能有机会让更多的人了解到医生这个职业的艰辛。

感谢你的认真阅读。

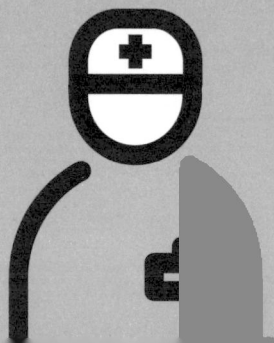

致 谢

ACKNOWLEDGEMENTS

———————

感谢我最出色的编辑弗兰切斯卡·梅因。没有你,一切都无从说起。

感谢我无与伦比、无所畏惧、宽容至极的经纪人凯斯·萨默海斯和杰斯·库珀。没有你们,事情会混乱无比。

感谢我的伴侣詹姆斯,他是我认识的人中最聪明、最英俊、最恼人、最了不起的人。没有你,我一无所有。

感谢所有买了我上一本书的人,以及那些耐心等待我艰难出世的第二张"专辑"的人。我琢磨着,这本书更像是一张迷你专辑。感谢把这本书带到读者面前的每个书店、书商和图书馆。

感谢我的家人,尤其是我的祖母,我希望我能在上一本书里感谢她，这样她就能看到。在她生命的最后几天里，她的清醒状态时断时续，她问我的上一本书卖得怎么样。当我说它卖得很好时，她回答说："也许英国公众到底没那么愚蠢。"

感谢内奥米和斯图尔特，马克、萨佳、挪亚和扎琳，丹、安妮、莱尼和悉尼，索菲和劳里。

感谢斯蒂芬妮·冯·赖斯维茨，他画的插图新颖独特，富于创造性。我很喜欢它们。

感谢吉布森医生、希普思医生、琼斯医生、沃兹尼亚克医生、范赫根医生、雷曼医生、莱科克医生、休斯-罗伯茨医生、比斯瓦斯医生、贝利斯医生、韦伯斯特医生和奈特医生给予的巨大帮助、提示和肯定。

感谢所有参与将*This is Going to Hurt*（中文书名为《绝对笑喷之弃业医生日志》）这个作品搬上舞台和影视化的人，特别是詹姆斯·西布莱特、安妮·卡勒姆、李·马丁、汉娜·戈弗雷、内奥米·德皮尔、霍利·普林格和简·费瑟斯通。感谢文字奇才贾斯廷·迈尔斯、卡尔·韦伯斯特和丹·斯怀默。

感谢我的超级宣发团队成员达斯蒂·米勒和埃玛·布拉沃。

感谢唯一支持我的朋友莫·坎，他每次在国际医学会议上发言，在演讲结束时都要给我的书宣传一番。感谢祖西·登特告诉我保留"破烂不堪"这个词是可以的。

感谢下方几页的几十个伙伴。我很荣幸能以这样一种不常见的方式，给每一个使这本书得以诞生的人正式的认可。总有一天，这种做法将成为惯例，而不是标新立异。而且，这种方式真的对凑字数很有帮助。

音频

音频发行总监：丽贝卡·劳埃德

音频发行执行官：劳拉·马洛

编辑管理人员

联合出品人：索菲·布鲁尔

主编：劳拉·卡尔

初级编辑：克洛艾·梅

文字编辑：夏洛特·阿蒂奥　彭妮·艾萨克

校对员：弗雷泽·克赖顿

编辑顾问：贾斯廷·迈尔斯

医学顾问：卡罗琳·奈特

设计

艺术和设计总监：詹姆斯·安纳尔

设计经理：阿米·史密森

封面图片和产品设计师：基升·李

作者照片摄影师：伊迪尔·叙坎

插图师：斯蒂芬妮·冯·赖斯维茨

工作室经理：劳埃德·琼斯

设计师：亚历克斯·福勒

制作

成人书制作负责人：西蒙·罗兹

高级制作总监：查利·汤纳

制作助理：贾科莫·拉索

文本设计经理：林赛·纳什

排版：重写本图书制作有限公司

法务

法务主管：安妮·拉帕兹

市场营销与传播

Picador出版社公关总监：埃玛·布拉沃

宣传员：达斯蒂·米勒

Picador出版社市场总监：凯蒂·鲍登

高级公关和活动执行主管：雷切尔·梅勒

爱尔兰宣传员：科马克·金塞拉

品牌管理

高级品牌经理：夏洛特·威廉斯

高级品牌执行主管：杰德·托利

品牌助理：莫莉·鲁滨逊

英国销售

大卫·亚当森　理查德·贝克　安德鲁·贝尔肖　凯蒂·布拉德伯恩　埃米莉·布罗姆菲尔德　露丝·布鲁克斯　凯特·布罗斯　汤姆·克兰西　萨拉·克拉克　斯图尔特·德怀尔　布里德·恩赖特　朱莉娅·芬尼根　理查德·格林　露西·海因　克里斯蒂娜·琼斯　露西·琼斯　丽贝卡·凯拉韦　克莱尔·劳勒　吉莲·麦凯　霍利·马丁　罗里·奥布赖恩　亚历山德拉·佩恩　盖伊·拉斐尔　西沃恩·斯莱特里　托比·沃森　克伦·韦斯顿

海外销售

雷切尔·格雷夫斯　斯泰西·汉密尔顿　丹尼尔·詹金斯　路易斯·帕特尔　劳拉·里凯蒂　埃米莉·斯科勒　露西·乌瓦罗　利安娜·威廉斯

版权

版权总监：乔恩·米切尔

高级版权经理：安娜·肖拉

版权经理：埃玛·温特

版权助理：汉娜·杜阿莱

数字营销

营销宣传总监：李·迪布尔

高级数据和内容经理：埃莉诺·琼斯

数据执行主管：马里萨·戴维斯

受众经理：安迪·约安诺

数字出版执行主管：亚历克斯·埃利斯

运营

运营经理：凯丽·普雷蒂

运营管理员：乔希·克雷格

印刷

高级客户总监：詹姆斯·朗曼

团队负责人：卡伦·戈达德